メイドカフェの淫劇

睦月影郎

Kagerou Mutsuki

JN122333

イースト・プレス 悦文庫

目次

メイドカフェの淫劇

第一章　お泊まり会に男が一人

1

「すごい。いい雰囲気のお屋敷ね」

大学ＯＧの佐枝子《さえこ》が車を降り、古びた洋館を見て言った。

則夫《のりお》も、彼女が運転してきたバンの助手席から降り、木々に囲まれた周囲を見回して涼しい風を吸い込んだ。さらに後部シートから、助手の今日香《きょうか》、女子大生の麻由《まゆ》と理沙《りさ》の二人も降りてきた。

大学ミステリー研究会の面々で、今日から二泊過ごすことになっている。

九月、そろそろ夏休みも終わる頃で、この夏最後の思い出づくりだった。

宮川《みやがわ》則夫は二十三歳、日本文学専攻の助手。

二十五歳になる牧野《まきの》今日香は先輩の助手で、彼の憧れのメガネ美女だった。

運転してきた立花《たちばな》佐枝子は、その今日香の先輩ＯＧで三十歳の主婦。

そして女子大生たち、浅井《あさい》麻由はまだ少女の面影を残す十八歳の一年生、新藤《しんどう》理沙は二十一歳の四年生で、水泳選手を引退してから何かとミス研に顔を出すようになった逞《たくま》しい美女だ。

ここは北関東の外れにある山間、近くから小川のせせらぎが聞こえ、周囲は山ばかりで人家もない秘境だったが、元は集落があったため電気と水道はきている。

二階建ての洋館は築百年ほどで、地域の文化財にもならず、間もなく取り壊しが決まっているという。

それで持ち主と知り合いだった佐枝子が、最後にお泊まりツアーを計画してくれたのだった。

ちなみに佐枝子は、ミス研の創設者である。

そのミス研も、もう人数が少なく廃部寸前となり、男は則夫だけだった。

やがて五人が荷台から荷物を出していると、ドアが開いて当主の景山《かげやま》貴美江《きみえ》が出てきた。

「いらっしゃい、ようこそ」

「お久しぶりです、貴美江さん。よろしくお願いします」

彼女、貴美江が笑顔で言うと佐枝子が答え、みんなも挨拶をした。

貴美江は四十歳前後、髪をアップにしたエプロン姿の美女で、胸も尻もかなりボリュームがあって則夫は思わず股間を疼《うず》かせてしまった。

則夫は僅《わず》かな着替えの入ったリュックだけだが、女性たちはみなどうして荷物が多いのか、海外旅行でも行くようなキャリーケースを引きずり、彼も手伝いながら屋敷へと入った。

中に入ると玄関ホールには二階への階段があり、右脇には広い食堂。

「アンティークな喫茶店みたい……」

麻由が目を輝かせて言う。暖炉があり、年代物のテーブルが並んでカウンターにはコーヒーカップが揃えられていた。

「ええ、先代は地域活性のため、ここをメイドカフェにしたくて改装したのだけど、残念ながら亡くなってしまったの」

貴美江が、暖炉の上の写真を指して言った。

見ると坊主頭で丸メガネ、作務衣を着た老人が笑みを浮かべている。先月、八十で亡くなったらしく、これが屋敷の持ち主だった景山六郎《ろくろう》。

六郎は作家だったが、この屋敷は別荘として買ったらしい。その秘書をしていた貴美江が、身寄りのない六郎の養女となったようだ。

独身の貴美江は、住み込んでいた六郎の東京のマンションを売り払い、先月から一人でここに住み、外出といえば車で町へ買い出しに出るだけらしい。

貴美江は階下を案内してくれた。一階は食堂の他はリビングとバストイレ、あとは納戸《なんど》と彼女の私室だけのようだ。

「お部屋は二階なので」

貴美江が言って階段を上がると、また則夫は彼女たちの荷物を苦労して上まで運んでやったが、運動は苦手なので息が切れた。幼い頃から体育と運動会が大の苦手で、部屋で本を読んでいるのが何より好きだったのだ。

するとアスリートだった理沙も手伝ってくれ、やがてみんなは二階に上がった。

廊下を挟んで部屋が左右に三つずつ、階段の脇にはトイレもあった。

自然に、則夫が階段から一番近い部屋、その隣の二部屋に女子大生たちが入り、向かいには佐枝子と今日香が入った。

部屋は十畳ほどもある洋間でベッドがあり、あとは机と椅子、作り付けのクローゼット。窓からは西に傾いた陽を浴び、初秋の風に揺れる木々が見えていた。

(今夜ここで抜いちゃうかも……)

則夫は股間を熱くさせて思った。

色白で小柄、運動は苦手だが、オナニーだけは日に二度三度しなければ落ち着かないほど精力だけは強かった。

しかしシャイなため今まで恋人ができた例《ためし》はなく、一回だけバイトで金を貯めて風俗へ行ったが、無臭で味気なく、しかも緊張で萎《な》え、不発のまま時間切れになってしまったので、以後病みつきになることはなかった。

結局、大学を出て就職もままならないまま、先輩である今日香に誘われて助手になった。

則夫は、二歳上で憧れの今日香と毎日顔を合わせるのが嬉しかったが、それでも告白するまでには到っていない。

今日香も今は彼氏もいないようで、則夫の好意にも気づいているだろうに、特に進展することはなかった。

男一人だが、他の女性たちも特に則夫が加わることを嫌がってはいないようで、それでも単なるただの良い人ぐらいに思われているのだろう。

(オナニーだけで終わらず、今日香さんと何か進展すると良いな……)

雰囲気ある洋館で、しかも旅先で解放感もあるから、ここで彼は今日香との仲を少しでも進めたいと期待するのだった。

やがて、みな荷物を置くと、夏用の薄手のブルゾンを脱ぎ、またすぐに階下のリビングに集まった。

「みなさんはミス研だけど、六郎先生の本は読んだかしら」

貴美江がコーヒーを運んでくれながら言った。彼女もまた日本文学専攻のＯＧで、六郎の秘書をしながら自分も執筆していたこともあるらしい。

「ええ、もちろん多く読みました」

則夫が答えると、他の女性たちはこの洋館へ来るということで、一冊ぐらい目を通した程度らしい。

六郎は谷崎潤一郎《たにざきじゅんいちろう》を尊敬し、自身も耽美でフェチックな作風が多く、ミステリーではないが則夫は好みだった。

そして、一緒に住んでいた貴美江は六郎と深い関係にあったのではないか、と則夫は思った。色白で気品があり、巨乳で巨尻の彼女は、正に六郎の描くヒロインそのものだったのである。

コーヒーを飲みながら、ひとしきり六郎作品について話し合ったが一段落すると、

「雰囲気のある洋館だから、連続殺人が起きたりして」

佐枝子は、貴美江が厨房に引っ込むと小声で言った。

「よして下さい……」

するど麻由がビクリと肩をすくめ、恐そうに言った。

「犯人が丸分かりじゃないですか。宮川さんが一人一人口説いて断られた腹いせに」

理沙が言うと、一同が爆笑した。

「お、おいおい……」

則夫は全員の注目を浴びて言い、顔が熱くなってしまった。彼がモテないタイプであることは、みなが承知しているのだろう。まあ、無害な印象があるから参加できたに違いないが。

やがてコーヒーを飲み終えると、

「お夕食は六時でいいかしら。それまで近所を散歩してきたら？　近くに河原があるので」

貴美江が言い、一同もカップの片付けを手伝ってから外に出てみた。

蜩《ひぐらし》の声が聞こえ、山間はすっかり秋の空気になっている。五人は草の斜面を下り、心地よい小川のほとりまで来た。

動くのは鳥と木々の揺らぎだけで、車も通らず人家も見えない。元は集落だったらしいが、今は全て取り残されている。

こんな場所でメイドカフェなどしても、客など来るのだろうかと則夫は思った。周囲には観光資源もないし、あるいはカフェのついでにペンションにでもすれば口コミで人が来るかもしれない。

しかし、そんなビジョンも六郎の死で潰《つい》えた。

「いい景色。でもおなかすいたわね」

理沙が、大きく伸びをして言った。彼女は最も長身でショートカット、水泳で鍛えた脚はスラリと長く、則夫は年上なのに彼女に対してお姉さんのような印象を持っていた。

まあ無垢《むく》に等しい彼にとってはみなが姉のようなもので、唯一同じく無垢らしい麻由だけが妹のようなものだった。

「本当、早く食べたいわ。でももうすぐ五時半だから、少しぐらい早めに戻りましょうか」

その麻由も、大自然の景色に飽きたように言う。

今日は昼前に東京駅に集合し、みんなで軽く昼食を終えてから佐枝子の運転でここまで来て、到着が四時過ぎだった。

移動中は座っていただけだが、確かに則夫も空腹感を覚えていた。

「あの貴美江さんとは、大学時代に？」

則夫は、佐枝子に訊いてみた。

「ええ、私が在学中に講師だったのよ。やけに気が合って、彼女の東京時代も何度か会っていたわ。でも貴美江さんが六郎先生のマンションに住むようになってからは、会うことも少なくなって、たまのメールだけ。だから今回のお誘いは驚いたし嬉しかったの」

「そうでしたか。僕らまでお誘い頂いて有難うございます」

佐枝子の言葉に、あらためて則夫は礼を言った。

やがて一同は、周囲の景色をスマホで撮ったりしてから、のんびり洋館へと戻っていったのだった。

2

「じゃ乾杯。麻由ちゃんだけは烏龍茶《うーろんちゃ》ね」

メガネ美女の今日香が言い、みんなビールで乾杯した。メイドカフェになるはずだった食堂で、テーブルをつなぎ合わせて輪になっていた。

料理も、洒落たオードブルに生野菜サラダ、貴美江はステーキも焼いてくれた。もちろん彼女たちも手伝い、みなでテーブルまで運び、貴美江も席に着いて一緒に乾杯した。

暖炉の上からは、六郎の写真が嬉しげに笑みを向けている。

未完成だったメイドカフェで、若い女性たちで賑《にぎ》わっているのを、きっと喜んでいることだろう。

「メイド服なんかも揃えたんですか？」

「ええ、何着かあるわ。もちろん私なんかじゃなく、若いバイトを雇うつもりだったのだろうけど」

麻由が訊くと貴美江が答え、みんなは笑ったが則夫は、美熟女のメイド姿を想像し、また股間を熱くさせてしまった。

「わあ、じゃ明日着させてもらおう」

麻由が言い、きっと似合うだろうなと則夫は思った。

理沙は酒が強いらしく、ビールからワインに切り替え、佐枝子や今日香もそれなりに嗜《たしな》んでいた。もちろん貴美江は後片付けもあるのであまり飲まず、弱い則夫はビール一杯だけで料理に専念した。

話題はやはりミス研らしく、最近読んだミステリーの話が主だった。

そして食事を終えると、全員いったん部屋に戻って着替え、風呂の時間となった。

年齢順で、しかも今回の企画を持ってきた佐枝子が最初にバスルームに行ったが、

「広いわ。みんな一緒に入れるからいらっしゃい」

すぐ戻ってきて言った。

今日香も行ってみると、やはり四人が充分に入れる広さだったらしく、女子大生二人も入っていった。

「みんな真面目《まじめ》ないい子たちね」

「ええ、僕もそう思います」

残った貴美江が則夫に言い、二人で茶を飲んだ。

「麻由ちゃんは彼女なの？　それとも理沙さん？」

「と、とんでもない。まだ彼女なんか誰もいません」

言われて、則夫は慌てて首を横にぶんぶん振った。あんな美少女や、あんな逞しいスポーツウーマンなどと付き合えるほど、自分が大した男じゃないことは充分過ぎるほど分かっている。

「そう、でも六郎作品を一番多く読んでくれていて嬉しいわ」

貴美江が言い、則夫は気になっていたことを訊いてみた。

「もしかして、貴美江さんがヒロインのモデルなんですか？」

六郎作品には、思春期で性欲に悶々《もんもん》とした青少年が、豊満な美熟女に恋をして下着を嗅いだりトイレを覗いたりするシーンが出てくるから、少々気が引けたが、彼女は則夫以上に作品に親しんでいるから構わないだろう。

「さあ、どうかしら。宮川さんは、主人公に感情移入できた？」

「え、ええ、まあ……」

「そう、じゃ誰にも内緒で教えてあげるので」

彼が頷《うなず》くと、貴美江は顔を寄せて囁《ささや》いてきた。

「お風呂のあとで私のお部屋へ来て」

「え……」

ほんのり甘い息の匂いを感じ、則夫は急にドキドキしながら絶句した。

彼が貴美江の真意を測りかねていると、間もなく彼女たちが賑やかに風呂から上がってきた。みなTシャツと短パン姿で、もう人目を気にせずノーブラらしく、胸には乳首のポッチリが浮かんでいた。誘っているとも思われないので、彼を男として見ていないのだろう。

それに、このあとは各部屋に引っ込んで寝るか、あるいは女同士で部屋に集まってお喋《しゃべ》りするかどちらかで、もう則夫と顔を合わす気もないようだった。

則夫は、今日香の乳首の膨らみをはっきり確認したかったが、

「じゃまた明日、お休みなさい」

一同は貴美江に言い、さっさと階段を上がっていってしまった。

「じゃ、僕も入ってきますね」

則夫は貴美江に言い、まずは脱衣所に行った。洗濯機はあるがもちろん空で、彼は全裸になると歯ブラシを持ってバスルームに入った。

確かに広く、大きな浴槽は三人ばかり一緒に浸かれるほどで、洗い場も充分なスペースがあった。

そして湯気が立ち昇るバスルーム内には、美女四人分の生ぬるい体臭が甘ったるく立ち籠《こ》めていた。

（うわ……）

濃厚な女性の匂いに彼は深呼吸し、胸を満たしながらムクムクとはち切れんばかりに勃起《ぼっき》してしまった。

この中には今日香の匂いも混じっているのだろう。

匂いの中でオナニーしたい衝動に駆られたが、貴美江の部屋に行くという期待も大きいので何とか我慢した。

則夫は興奮しながらも湯を浴びて体を洗い、浴槽に浸かって歯磨きをした。

この湯も、四人が浸かったもので、その成分が混じり合っていることだろう。

何やら彼は、全裸の四人に包まれているような心地に浸《ひた》った。

あまり長く入ってのぼせるといけないので、湯から上がって勃起を抑え、こっそり放尿までしてから口をすすいだ。

やがてバスルームを出ると身体《からだ》を拭《ふ》き、彼もリュックから出してきた洗濯済みのTシャツと短パンを着た。

脱衣所を出ると、もうリビングや食堂の灯《あか》りは消されていた。

恐る恐る暗い中を進んでいくと、奥の部屋のドアが開き、貴美江が顔を出して手招きしてきたのだ。

誘われるまま中に入ると、やはりそこは八畳ほどの洋間、奥にはセミダブルのベッドがあり、あとは机に本棚、パソコンなど、まるで女子大生の部屋のようである。

室内には、濃厚に甘ったるい美熟女の匂いが籠もっていた。

冷静になろうと気を鎮めてきたが、また彼自身はムクムクと勃起した。

貴美江は彼に椅子をすすめ、自分はベッドの端に腰を下ろした。エプロンを外し、清楚でゆったりしたワンピース姿だ。

「確かに、私は先生と内縁関係にあったの。年齢は倍だけど」

貴美江がじっと彼を見つめて言う。では、六郎は八十で死んだから、やはり彼女は四十歳ぐらいらしい。

「もちろん体の関係もあったし、モデルとして作品に使うような行為も数々したわ。さすがに高齢になってからは射精回数も週に一回が限界になったけど、むしろ絶頂快感より、過程の行為を楽しんでいたみたい」

「そ、そうですか……」

則夫は、興奮を抑えて頷いた。

「そしてメイドカフェを作る上で、とにかく多くの女性をこの屋敷に呼んで、ハーレムを作りたかったみたい。私だけじゃなく、より多くの女性のフェロモンを吸収したかったのでしょう。でも寝たきりになって、自分の代わりに一人の男を呼ぶよう遺言めいたことを言っていたわ」

「では、それが僕……」

「そう、佐枝子さんを誘ったとき、一人の男子を加えるように言っておいたの」

貴美江が言う。

確かに、ミス研の男子は則夫一人きりだったので好都合だったようだ。

「きっと先生は、喜んでみんなを見ているでしょうね。そして自分の代わりにあなたが女性たちを味わうことも期待して」

「で、でも僕なんか相手にされないでしょう……」

「ううん、言い換えると、あなたが彼女たちを味わうのではなく、あなたが味わわれるほうになるかも。先生の強力な残留思念がこの館には充ち満ちているから、必ず影響されるわ」

貴美江が言い、ゆっくり立ち上がるとワンピースを脱ぎはじめた。

「さあ、脱いで。先生が好きだったことを、あなたにしてあげるから」

彼女はためらいなく脱いでゆき、濃く甘い匂いが揺らめき、見る見る白く豊満な熟れ肌が露わになっていった。

確か彼女はまだ入浴前だが、別に構わないのだろう。あるいは六郎は、ナマの匂いを好んだのかもしれない。

そして彼も、美熟女のナマの匂いを間近に感じてみたかった。何しろ唯一の風俗体験で、風俗嬢は無味無臭だったのである。

則夫も操られるように椅子から立ち、激しく胸を高鳴らせながら、Tシャツと短パンを脱ぎ去っていった。

先に全裸になった彼は、ピンピンに勃起しながらベッドに横たわると、枕には彼女の悩ましい匂いが濃厚に沁《し》み付いて胸が刺激された。

とうとう貴美江も最後の一枚を脱ぎ去り、一糸まとわぬ姿になって余すところなく熟れ肌を晒《さら》すとベッドに上ってきたのだった。

3

「いい？　先生にしたのと同じことをするから、どうしても嫌だったら言って」

貴美江が言い、則夫の顔の横にスックと立った。

見上げると、肉づきが良いのに均整の取れた肢体が目に飛び込んできた。太腿《ふともも》はムッチリと量感があり、巨乳が弾むように息づいているのに、ウエストはややくびれている。

するとと貴美江は壁に手を突き、片方の足を浮かせるとそっと則夫の顔を踏みつけてきたのだ。

「ああ……」

顔中に美熟女の踵《かかと》と土踏まずが密着し、則夫は熱く喘《あえ》いだ。

もちろん嫌ではなく、形良く揃った指の股に籠もる、汗と脂《あぶら》に蒸れた匂いがゾクゾクと鼻腔を刺激してきた。

「大丈夫のようね。じゃ舐《な》めて」

貴美江は、勃起が衰えていないのを確認して言い、彼も滑《なめ》らかな足裏に舌を這《は》わせはじめた。

彼女も妖《あや》しい笑みを浮かべて見下ろしながら、爪先で彼の鼻をつまんだりした。

ムレムレの匂いに酔いしれながら彼は爪先にもしゃぶり付き、順々に指の股に舌を割り込ませて味わった。

「アア、いい子ね。とっても気持ちいいわ……」

貴美江が喘ぎ、舐めながら見上げると、割れ目から湧き出した愛液がネットリと内腿にまで伝い流れているのが分かった。

しゃぶり尽くすと彼女が足を交代し、彼はそちらも嗅いで舐め、新鮮で濃厚な味と匂いを貪《むさぼ》り尽くしたのだった。

やがて彼女が足を引き離し、則夫の顔に跨《また》がると、ゆっくりしゃがみ込んできた。

和式トイレスタイルで、脚が完全にM字になると、さらに白い内腿がムッチリと張り詰めて量感を増し、熱気と湿り気の籠もる股間が鼻先に迫った。

股間の丘には、黒々と艶のある恥毛が密集し、肉づきが良く丸みを帯びた割れ目からは、ピンクの花びらがはみ出し、ヌラヌラと熱い愛液に潤っていた。

「初めてでしょう。開いて見てもいいわ」

貴美江が、童貞というのを見破ったように言い、彼もそろそろと指を当ててはみ出した陰唇を左右に広げてみた。

中も綺麗なピンクの柔肉で、襞の入り組む膣口が濡れて妖しく息づいていた。

ポツンとした小さな尿道口もはっきり確認でき、包皮の下からは小指の先ほどのクリトリスが、真珠色の光沢を放ってツンと突き立っていた。

風俗ではろくに観察させてもらえなかったので、則夫は真下から目を凝《こ》らし、裏ネットではないナマの女性器に激しく興奮を高めた。

「ああ……、好きなだけ見ていいわ……」

彼の熱い視線と息を股間に感じ、貴美江が柔肉を蠢《うごめ》かせながら囁いた。

則夫は指を離すと豊満な腰を抱き寄せ、柔らかな茂みに鼻を埋め込んで嗅いだ。

隅々には、生ぬるく蒸れた汗とオシッコの匂いが悩ましく沁み付き、うっとりと鼻腔を満たしてきた。

「いい匂い……」

思わず呟《つぶや》きながら舌を這わせ、陰唇の内側に差し入れていくと、淡い酸味を含んだ大量のヌメリが迎えた。息づく膣口の襞をクチュクチュ掻《か》き回し、匂いに酔いしれながらゆっくりクリトリスまで舐め上げていくと、

「あう……、いい気持ち……」

貴美江がビクリと反応して呻《うめ》き、キュッと割れ目を彼の顔に押し付けてきた。

則夫は心地よい窒息感の中で、懸命に匂いを感じながら呼吸し、夢中でチロチロとクリトリスを舐め回した。

すると柔肉が蠢き、愛液の量が格段に増してきた。

「ここも舐められる？」

息を弾ませながら貴美江が言い、腰を浮かせてやや前進した。

彼の顔中に何とも豊満な双丘が密着し、谷間の可憐《かれん》な蕾《つぼみ》が鼻に押し付けられた。

もちろん嫌ではない。

則夫は蕾に籠もる蒸れた匂いで鼻腔を刺激されてから、舌を這わせて細かに収縮する襞を濡らした。

「中も舐めて……」

貴美江が言うので、彼はヌルッと舌を潜り込ませ、滑らかな粘膜を探った。

微妙に甘苦い味が感じられ、彼が舌を蠢かせると、

「アア……、いいわ……」

貴美江が熱く喘ぎ、モグモグと肛門で舌先を締め付けてきた。

舌を出し入れさせるように動かすと、割れ目からトロリと滴《したた》った愛液が彼の鼻先を生ぬるく濡らした。

やがて美熟女の前も後ろも舐め尽くすと、彼女が腰を浮かせ、

「本当にいい子だわ。まるで先生が若返ったみたい……」

言いながら仰向《あおむ》けの則夫の上を移動していった。

そして彼を大股開きにさせると股間に腹這い、まず両脚を浮かせて尻の谷間に舌を這わせてきたのである。

「あう……！」

則夫は唐突な快感に呻いた。何しろ今日会ったばかりの美熟女が、最初に舌で触れてきたのが肛門なのだ。彼女は熱い鼻息で陰嚢《いんのう》をくすぐりながらチロチロと舌を這わせ、ヌルッと潜り込ませてきた。

「く……、気持ちいい……」

則夫は美女の舌に犯された心地で呻き、キュッと肛門で舌先を締め付けた。

貴美江の舌は長く、彼が差し入れたよりもっと深くまで潜り込んで蠢いた。

まるで内側から刺激されるように、勃起したペニスがヒクヒクと上下し、粘液を滲《にじ》ませた。

彼女も、自分がされたように舌を出し入れさせるように動かしてから、ようやく脚を下ろして舌を引き離した。そして目の前にある陰嚢をヌラヌラと舐め回し、二つの睾丸を転がした。

陰嚢も、意外なほど感じる場所だということを、彼は新鮮な気持ちで実感した。

股間に熱い息が籠もり、やがて袋全体が生温かな唾液にまみれると、さらに貴美江は前進し、とうとう肉棒の裏側をゆっくり舐め上げてきたのである。

滑らかな舌が先端までくると、彼女は小指を立てて幹を支え、粘液の滲んだ尿道口をチロチロと探り、張り詰めた亀頭にもしゃぶり付いてきた。

熱い鼻息が恥毛をそよがせ、そのまま丸く開いた口でスッポリと喉の奥まで呑み込んでいった。

「アア……！」

則夫は激しい快感に喘ぎ、懸命に肛門を締め付けて暴発を堪えた。

貴美江の口の中は温かく濡れ、彼女は強く吸い付きながら、クチュクチュと舌をからめていた。

さらに顔を上下させ、スポスポと強烈な摩擦を開始したのである。

「い、いきそう……」

彼はゾクゾクと高まりながら、降参するように口走って腰をよじった。

すると貴美江はスポンと口を離し、

「ダメよ、まだ我慢しなさい」

股間から言うなり身を起こして前進してきた。

そして女上位で跨がると、唾液に濡れた先端に割れ目をヌラヌラと押し付けてきたのだ。

息を詰めて位置を定めると、若いペニスを味わうようにゆっくり腰を沈み込ませ、たちまち彼自身はヌルヌルッと滑らかに根元まで呑み込まれていった。

「アア……、硬くて大きいわ……」

完全に座り込むと、彼女は顔を仰《の》け反《ぞ》らせてうっとりと喘いだ。

やはり六郎のペニスより、若いぶん格別なのだろう。

まだ動かなくても、息づくような収縮が彼を包み込み、則夫はようやく童貞を捨てた感激に浸った。

彼は肉襞の摩擦と温もり、潤いと締め付けの中で懸命に奥歯を嚙み締めた。

貴美江は、巨乳を揺らしながらゆっくり身を重ね、胸を突き出して彼の口に乳首を押し付けてきた。

則夫も、チュッと吸い付いて舌で転がすと、柔らかく豊かな膨らみが顔中に密着してきた。

充分に舐め回すと、彼女は自分から離し、もう片方を押し付けた。

彼はそちらも含んで舌を這わせ、顔中で巨乳の温もりと感触を味わった。

両の乳首を味わい尽くすと、則夫は自分から匂いを求め、彼女の腋《わき》の下にも鼻を埋め込んでいった。

　すると、そこには何と色っぽい腋毛が煙っていたのだ。

彼氏のいない一人暮らしだからケアを怠っているのではなく、これは六郎の趣味なのだろう。実際、六郎作品には腋毛の美女も多く登場してきたのである。

　鼻を擦りつけて嗅ぐと、ミルクに似た濃厚に甘ったるい汗の匂いが悩ましく鼻腔を掻き回してきた。

　やがて充分に胸を満たすと、貴美江が彼の頬に手を当て、上からピッタリと唇を重ねてきた。風俗ではキス体験もしていなかったから、これが記念すべき彼のファーストキスである。

　それにしても、互いの局部まで舐め合い、交わった最後にキス体験するのも奇妙なものだった。

　ヌルリと長い舌が潜り込むと、彼も生温かな唾液に濡れて滑らかに蠢く舌を舐め、美熟女の熱い鼻息で鼻腔を湿らせた。

執拗《しつよう》に舌をからめながら、貴美江が徐々に腰を動かしはじめていった。

4

「アア……、いい気持ち……、すぐいきそうだわ……」

貴美江が唇を離し、淫らに唾液の糸を引きながら熱く喘いだ。

口から吐き出される息は熱く湿り気があり、白粉《おしろい》のような甘い刺激が含まれて則夫の鼻腔を悩ましく掻き回してきた。

やがて彼も下から両手でしがみつきながら、ズンズンと股間を突き上げはじめた。

「膝を立てて、強く動いて抜けるといけないから……」

貴美江が膣内を収縮させながら言い、彼も両膝を立てて蠢く豊満な尻を支えた。

次第に互いの動きが一致すると、クチュクチュと湿った摩擦音が聞こえ、溢《あふ》れた愛液が陰嚢の脇を伝い流れ、彼の肛門のほうまで生ぬるく濡らしてきた。

胸には巨乳が押し付けられて心地よく弾み、柔らかな恥毛が擦れ合い、コリコリする恥骨の膨らみも伝わってきた。

あまりの心地よさに、彼は急激に絶頂を迫らせた。

しかも貴美江が、彼の顔中にキスの雨を降らせてきたのである。唾液に濡れた唇がチュッチュッと鼻や頬に触れ、甘い吐息の匂いと唾液のヌメリに、とうとう彼は昇り詰めてしまった。

「く……、い、いく……！」

大きな絶頂の快感に全身を貫かれながら、彼は口走った。同時に、熱い大量のザーメンがドクンドクンと勢いよくほとばしると、

「あ、熱いわ、もっと出して……、アアーッ……！」

噴出を感じた途端に貴美江が声を上ずらせ、ガクガクと狂おしい痙攣《けいれん》を繰り返しはじめたのだった。

あるいは貴美江ほどの経験者になれば、相手に合わせてオルガスムスが得られるのかもしれない。

収縮と潤いが増し、何やら彼の全身まで吸い込まれそうだった。

則夫は激しく股間を突き上げながら心ゆくまで快感を噛み締め、最後の一滴まで出し尽くしてしまった。

「ああ……」

すっかり満足しながら声を洩《も》らし、全身の硬直を解きながらグッタリと身を投

げ出していくと、

「良かったわ、すごく……」

貴美江も声を洩らして強ばりを解き、力を抜いて遠慮なくもたれかかって彼に体重を預けてきた。

互いの動きが止まっても、まだ膣内は名残惜《なごり》しげな収縮が続き、刺激されたペニスが過敏にヒクヒクと中で跳ね上がった。

「あう、まだ動いてるわ……」

貴美江が呻き、やはり彼女も敏感になっているように、キュッときつく締め上げて幹の震えを押さえた。

則夫は美熟女の重みと温もりを受け止め、熱い白粉臭の吐息を間近に嗅ぎながら、うっとりと快感の余韻《よいん》に浸り込んでいった。

(とうとう初体験したんだ……)

彼は感慨を込め、本当に今回の旅行にきて良かったと思った。

やがて重なったまま呼吸を整えると、貴美江はティッシュを手にして、そろそろと身を起こして股間を離し、すぐ割れ目に当てて拭いた。

「さあ、お風呂に行きましょう」

言われて、則夫も起き上がってベッドから降りた。そして全裸のまま、彼女の部屋を出ると暗い廊下を進み、バスルームへと移動した。

二階では、まだ彼女たちが起きているかもしれない。それなのに全裸で階下を移動するのもスリルがあった。

もっとも二階にもトイレはあるし、彼女たちはペットボトルの飲み物も持っているだろうから、まず降りてくることはないだろう。

大きなバスルームに入ると、まだ熱気の中に彼女たちの匂いが残っていた。

互いにシャワーの湯で身体を洗うと、湯を弾くように脂の乗った熟れ肌を見るうち、彼自身はムクムクと回復してきてしまった。

「まあ、すごいわ。さすがに若いのね」

気づいた貴美江が言い、やはり淫気を甦《よみがえ》らせたように肌を密着させた。

そのまま彼は床に敷かれたバスマットに押し倒され、顔の上に貴美江が跨がって割れ目を押し付けてきた。

湯に濡れた恥毛を嗅いでも、大部分の匂いは薄れてしまっていたが、舐めると新たな愛液が溢れ、ヌラヌラと舌の動きが滑らかになった。

「出そうよ、飲める……？」

貴美江が息を詰めて言い、下腹に力を入れた。

どうやら放尿する気のようで、これも六郎の趣味だったのだろう。

興奮と好奇心で、則夫も拒《こば》まず舌を這わせ続けた。すると奥の柔肉が迫《せ》り出すように盛り上がり、温もりと味わいが変化してきた。

「出るわ……」

彼女が言うなり、チョロチョロと熱い流れがほとばしる。

則夫は口に受け、仰向けだから噎《む》せないよう気を付けながら味わった。味も匂いも淡いもので、喉に流し込んでも全く抵抗はない。

しかし勢いがつくと口から溢れた分が、頬を伝って温かく両耳を濡らした。

いよいよ噎せ返りそうになったが、危ういところで勢いが衰え、やがて流れがおさまった。

なおも彼は残り香の中で濡れた割れ目を舐め回し、余りの雫《しずく》をすすった。すると大量の愛液が湧き出し、残尿が洗い流されて淡い酸味のヌメリが割れ目いっぱいに満ちてきた。

「あう、もういいわ。また入れたら明日起きられなくなってしまうから……」

貴美江が言って股間を引き離し、勃起したままの彼自身に目を遣《や》った。

「嫌じゃなかったのね。完全に景山六郎の二代目になれるわ」

彼女は言い、勃起したペニスに顔を寄せてきた。

「今度は私が飲んであげる。そうすれば、ぐっすり眠れるでしょう」

そして先端を舐め回し、喉の奥までスッポリ呑み込んでいった。

「ああ……」

則夫は快感に喘ぎながら、彼女の下半身を引き寄せた。

すると貴美江も上から顔を跨ぎ、女上位のシックスナインの形になってくれた。

彼は下から、愛液とオシッコの潤いを舐め、目の上で収縮するピンクの肛門を見上げながら高まっていった。

「ンン……」

貴美江も熱く呻いてスポスポと摩擦し、鼻息で陰嚢をくすぐった。

則夫も彼女の口にズンズンと股間を突き上げながら、急激に絶頂を迫らせた。

しかも飲んでくれるという、嬉しいことを言われたのだから、我慢することなく快感を受け止めた。

クリトリスを舐め回すと、集中できないとでも言うふうに豊かな尻がクネクネと動いた。

則夫は舌を引っ込め、熟れた割れ目を見上げるだけにし、唇の摩擦と吸引、舌の蠢きで二度目の絶頂に達してしまった。一瞬、美女の口を汚して良いのかという禁断の思いが湧いたが、

「で、出る……！」

快感に巻き込まれて口走ると、貴美江が吸引を強めてくれた。

まだこんなに余っていたかと思えるほどのザーメンがドクンドクンと勢いよくほとばしり、

「ク……」

喉の奥を直撃された貴美江が小さく呻いた。

それでもリズミカルな摩擦と吸引は続行してくれ、彼はありったけのザーメンを絞り尽くしていった。貪欲な吸い方なので、女性の口を汚したというより、彼女の意思で吸い出される感が強かった。

やがて力を抜いてグッタリと身を投げ出していくと、彼女は亀頭を含んだまま、口に溜まったザーメンをゴクリと一息に飲み干してくれた。

「あう……」

喉が鳴ると同時に口腔がキュッと締まり、彼は駄目押しの快感に呻いた。力が

抜けても、いつまでも激しい動悸がおさまらなかった。

彼女も口に受け止めながら興奮を高めたか、割れ目からはツツーッと愛液が糸を引いて彼の顔に滴ってきた。

ようやくスポンと口が離れると、貴美江は余りを絞るように指で幹をしごき、尿道口に脹《ふく》らむ白濁の雫までペロペロと丁寧に舐め取ってくれた。

「も、もういいです……」

則夫は降参するように言い、ヒクヒクと過敏に幹を震わせて腰をよじった。

やっと彼女も身を起こし、向き直って添い寝すると、呼吸が整うまで優しく腕枕してくれた。

「二度目なのに濃くて多いわ。若いエキス、とっても美味しかった……」

彼を胸に抱きながら、貴美江が熱い息で囁いた。

その吐息にザーメンの生臭さは残っておらず、さっきと同じ控えめで上品な白粉臭がしていた。

ようやく呼吸を整えて身を起こすと、二人はもう一度体を洗い流し、一緒に湯に浸かった。

「私は髪を洗うから、先に上がって二階へ行くといいわ」

やがて貴美江が言うので、則夫も素直にバスルームを出た。一緒にいると、また回復しそうだったが、もう今夜は充分だろう。

身体を拭いて彼女の部屋に戻り、Tシャツと短パンを着けるとそのまま足音を忍ばせて二階へ上がった。

二階は静かで、もう彼女たちもお喋りも終えて各部屋で休んでいるようだ。部屋に入り、ベッドに横になると、

(すごい体験をしたんだ……)

則夫はさっきあったことを思い出し、それでもさすがに久々の遠出で疲れていたか、すぐにも深い眠りに落ちていったのだった。

5

「ゆうべUNO《ウノ》に誘おうと思ったんだけど、お部屋にいなかったわね」

則夫は、八時半に目を覚まし、慌てて階下へ降りると、もう全員が揃い、理沙が彼に言った。

しかも、理沙と麻由は、貴美江に出してもらったらしく、借りたメイド服を着

ているではないか。

白と黒のコントラストが魅惑的で、エプロンをして頭にはヘッドドレスを乗せている。さすがに麻由は可憐で、理沙はツンデレ系が似合いそうだった。

「ゆうべは遅くまで私と、六郎作品の話で盛り上がっていたのよ」

朝食を運びながら貴美江が言った。

もちろん貴美江も、何事もなかったように女神のような笑みを浮かべている。

「ええ、つい夢中になって話し込んじゃったんだ」

則夫も話を合わせて言うと、やがてメイドたちの手で、パンとハムエッグの朝食が運ばれた。

「どうぞ、ご主人様」

麻由は可憐に言ったが、理沙のほうは思った通りぶっきらぼうに、

「残さないで食べて」

言うなり無造作に皿を置いた。やはり衣装が違うと豪華感が増し、則夫は思わず股間を疼かせてしまった。

何しろ昨夜、思いもかけずに童貞を卒業して、女体の隅々まで知ったから、彼女たちの裸体も想像に難くなく、形や匂いまで容易に思い浮かべることができる

ようになっていたのだ。

「あとで買い物に出るので、何か欲しいものがあったら言って下さいね」

貴美江が言い、佐枝子も一緒に町まで行くようだった。

やがて朝食を終えると、二人は車で出てゆき、麻由と理沙はアンティークな食堂で互いの写真を撮りまくっては、ネットにアップするようだった。

則夫は二階で、少し夏のレポートにかかろうと思った。散歩は性に合わないし、一緒に町まで行っても仕方がない。

もっとも昨夜の目眩《めくるめ》く体験が頭の大部分を占め、きっと、ぼうっとしたまま時間が過ぎてしまうだろうと思った。

則夫は部屋に入り、持ってきたノートと、辞書代わりのスマホを置いた。

(今夜も、貴美江さんとできるんだろうか……)

思った通り、彼の頭の中はそんなことばかりで、助手としてのレポートなど全く集中できず手に付かなかった。

階下では、メイド二人がはしゃいで写真を撮り、時には庭にも出て笑い声を立てている。

と、そのときドアがノックされ、則夫は懸命に勃起を抑えながら返事をして開けると、メガネ美女の今日香だった。

「少しいいかしら、一人で退屈なので」

「ええ、どうぞ」

答えて招くと、今日香が入って内側からドアを閉めた。則夫は、憧れの彼女と二人きりになり激しく胸が高鳴った。どうせ買い物の二人は昼まで戻らないだろうし、メイドの二人も夢中で遊び回っている。

「今日香さんもメイド服を借りれば良かったのに」

「私なんて、とんでもない」

言うと、今日香が笑みを含んでかぶりを振った。

「ゆうべは、誰かの部屋でお喋りしていたの？」

「いえ、みんなはＵＮＯをやっていたけど、眠くなったので私は一人でお部屋へ戻ったわ」

訊くと、今日香が答えた。

「それなのに、一人になると急に眠れなくなって、何だか誰かに見られているような気がしたものだから」

「それは、きっと六郎先生の強い念が残ってるからじゃないかな」

則夫が言うと、今日香もさして恐そうにはせずに頷いた。

「そうかもしれないわね。思い半ばで逝《い》ってしまったのだから」

「ええ、それよりこの屋敷へ来てから、何だから身体がモヤモヤして、眠れないの……、だから君の部屋を訪ねたのよ」

「え……」

今日香の言葉に、則夫は思わず聞き返した。

モヤモヤするというのは、やはり貴美江が言っていたような、人を淫らにさせる六郎の残留思念であろうか。では則夫が部屋で待っていれば、今日香と懇《ねんご》ろになれたのだろうか。

「理沙さんがUNOに誘ったときは、あなたはいなかったと言うけど、それから少し時間も経ったころ、もう戻っているかと思ってノックしたけどいなかったわ。それで私は下へ降りて、貴美江さんの喘ぐ声を聞いてしまったのよ」

「うわ……」

則夫は、何の言い訳も浮かばずに絶句した。

「ううん、誰にもいわないから心配しないで。でも、貴美江さんがそんな激しい人だとは思わなかったから、すごく驚いたわ。それに」

「それに……？」

「あなたはまだ無垢だったのでしょう。それを奪われて、何だかすごく残念な気持ちになってしまったの」

「そ、それって……」

則夫は、情事を聞かれた絶望から、全身浮き立つような歓喜に包まれた。

やはり屋敷内に立ち籠めた淫気のなせる技か、お泊まりの解放感か、今日香はほんのり頬を上気させ、レンズ越しに熱っぽい眼差《まなざ》しを彼に向けていた。

「ぼ、僕だって、最初は今日香さんだったら嬉しかったのだけど……」

何やら彼の童貞は全員周知のことのようで、自分でも滑稽に思いながら言った。

そして密室で二人きりということで、則夫自身はムクムクと勃起し、短パンの中で痛いほど突っ張ってきてしまった。

昨夜は二回射精したが、もちろんぐっすり眠ったので、気力も体力も最大限に回復していた。

「い、今からでもいいですか。どうせ昼まで、二階には誰も来ないだろうし」

則夫こそ解放感に包まれ、大学では決して言えないことを口にして今日香に迫っていた。彼女も拒む様子はないので、その手を握り、

「こっちへ……」

ベッドに誘うと今日香も素直に移動してくれた。彼女は今日も、Tシャツに短パン姿で、ナマ脚がニョッキリと伸びている。

そのまま彼女を横たえ、甘えるように腕枕してもらい、Tシャツの腋に顔を埋め込んだ。繊維の隅々には、生ぬるく甘ったるい汗の匂いがほんのり沁み付き、鼻腔が掻き回された。

今日香もじっと息を詰め、彼を胸に抱いてくれていた。

「ああ、こんな近くで今日香さんの顔を見る日がくるなんて……」

則夫は目を上げて言い、感激と興奮に包まれた。

すぐ近くに形良い唇があり、僅かに開いて洩れる息は生温かく、ほんのり花粉に似た刺激を含んで鼻腔を満たした。

「東京で、思いきってお誘いしたら応じてくれた？」

「さあ、どうかしら……」

訊くと、今日香が甘い息で答えた。やはり旅先のこの屋敷だから応じてくれたのかもしれない。

則夫は彼女の吐息に酔いしれながら、そろそろとTシャツの上から胸に膨らみにタッチした。やはりノーブラらしく、すぐに乳首の突起が指に感じられた。

「く……」

今日香が微《かす》かに呻き、ビクリと身を強ばらせた。

「ね、オッパイ吸いたい。脱ぐのはダメ……？」

この期に及んでも強引にはできず、彼は懇願するように言った。

すると彼女はやんわりと彼の顔を胸から離して起き上がり、Ｔシャツを脱ぎはじめてくれたのだ。

則夫は、余りの歓喜と興奮に目眩《めまい》を起こしそうになりながら、自分も身を起こして手早くシャツと短パンを脱ぎ去り、たちまち全裸になってしまった。

何やら自分はまだベッドで寝ていて、夢でも見ているように全身がフワフワして現実感がなかった。

やがて今日香もためらいなく全て脱ぎ去り、窓のカーテンを閉めて横になった。

もちろん午前中だから、カーテンを閉めても隙間から初秋の陽が射し、観察には問題なかった。

仰向けになった今日香が、最後にメガネを外そうとしたが、

「あ、どうか掛けたままで。いつも見ている顔が好きなので」

則夫が言うと、彼女も眼鏡を掛け直して身を投げ出してくれた。

彼は半身を起こし、憧れの今日香の肢体を見下ろした。

もちろん貴美江ほどの巨乳ではないが、形良く張りのありそうな乳房が息づき、乳首も乳輪も淡い色合いで周囲の白い肌に溶け込んでいた。

ウエストがくびれ、腰の曲線からスラリとした脚が伸び、股間の翳《かげ》りはそれほど濃くなかった。

昨夜は入浴したが、今日はシャワーも浴びていないだろう。脱いだため今まで内に籠もっていた熱気が解放され、彼の部屋に甘ったるい女の匂いが生ぬるく立ち籠めはじめた。

則夫は堪らず、屈み込んでチュッと乳首に吸い付いていった。

もう片方を指で探りながら、顔中を柔らかな膨らみに押し付けて感触を味わい、コリコリと硬くなっている乳首を舐め回した。

ほんのり汗ばんでいるのか、今日香の胸元や腋からは、甘ったるい芳香が漂い、彼はうっとりと酔いしれながら、次第に夢中になって積極的に愛撫を開始していったのだった。

第二章　憧れメガネ美女の匂い

1

「アアッ……、い、いい気持ち……」

今日香がビクッと顔を仰け反らせ、熱く喘ぎながらクネクネと身悶《みもだ》えはじめた。

則夫ものしかかり、左右の乳首を交互に含んで舌で転がし、顔中で柔らかな膨らみを味わい尽くした。

そして彼女の腕を差し上げ、ジットリ湿った腋の下にも鼻を埋め、甘ったるい汗の匂いに噎せ返った。

もちろん貴美江と違い、腋毛はなくスベスベだった。

充分に今日香の体臭で胸を満たしてから、彼は滑らかな肌を舐め下りていった。

形良い臍《へそ》を舌で探り、ピンと張り詰めた下腹に顔を埋め込んで弾力を味わったが、やはり股間は最後に取っておきたい。

足首まで舐め下りると則夫は今日香の足裏に回り込み、踵から土踏まずに舌を這い回らせた。

「ああ……」

彼女は喘ぎながらビクリと反応したが、すっかり淫気で朦朧《もうろう》となっているのか、何をされても受け身のままじっとしてくれていた。

貴美江のときはいきなり顔を踏まれたり顔に跨がられたりした、特殊な初体験だったから、いま初めて積極的に、受け身体勢の美女を賞味する感じであった。

指の間に鼻を押し付けて嗅ぐと、やはりそこは汗と脂に生ぬるく湿り、蒸れた匂いが沁み付いて鼻腔が刺激された。

則夫は匂いを貪ってから爪先にしゃぶり付き、指の股にヌルッと舌を割り込ませて味わうと、

「あう、ダメ……!」

今日香が驚いたように呻き、唾液に濡れた指で彼の舌を挟み付けてきた。

押さえつけて全ての指の間を味わい、もう片方の爪先も嗅いでしゃぶり、味と匂いが薄れるほど貪り尽くしてしまった。

彼女は少しもじっとしていられないように、激しく身をくねらせていた。

かつての恋人がどんな男か知らないが、彼女の反応からして、その男は足指などしゃぶらない、つまらない奴だったのだろう。

両足とも味わうと、いったん則夫は顔を上げ、彼女をうつ伏せにさせた。

今日香も素直に寝返りを打って腹這いになり、白く形良い尻を見せた。

彼は今日香の踵からアキレス腱、脹ら脛《はぎ》から色っぽいヒカガミ、太腿から尻の丸みを舐め上げていった。もちろん尻の谷間は後回しだ。

そして腰から滑らかな背中を舐め上げていくと、淡い汗の味が感じられた。

肩まで言ってセミロングの髪に顔を埋め、甘い匂いを嗅いでから掻き分け、耳の裏側も嗅いで舐め、うなじから再び背中を舐め下りた。

「アア……」

背中も感じるようで、彼女は顔を伏せて熱く喘いだ。

則夫はたまに脇腹にも寄り道して舌を這わせ、やがて形良い尻に戻ってきた。

うつ伏せのまま股を開かせ、腹這いになって尻に顔を寄せた。

まるで巨大な肉マンを二つにするように、指でムッチリと谷間を広げると、奥には薄桃色の蕾がひっそり閉じられていた。

誰にも見られない場所にあるのに、それは何とも清らかで可憐だった。

吸い寄せられるように蕾に鼻を埋め込むと、顔中に双丘が密着して心地よい弾力が伝わってきた。

嗅ぐと、やはり蒸れた微香が籠もって、則夫は憧れの美女の匂いを貪った。

そして舌を這わせ、細かに息づく襞を濡らしてからヌルッと潜り込ませ、滑らかな粘膜を探った。

「く……、ダメ、そこは……」

今日香が呻き、キュッときつく肛門で舌先を締め付けてきた。

則夫は舌を出し入れさせるように蠢かせていたが、

「アアッ……！」

彼女が声を上げ、それ以上の刺激を避けるように再び寝返りを打ってしまった。

則夫も素直に顔を引き離し、彼女の片方の脚をくぐると、仰向けに戻った今日香の股間に陣取った。

白く滑らかな内腿を舐め上げ、とうとう神秘の部分に顔を迫らせた。

目を凝らすと、ふんわりとした恥毛が程よい範囲に煙り、割れ目から縦長のハート型にはみ出した花びらが、蜜を宿してヌラヌラと潤っていた。

指を当て、彼は陰唇を左右に広げ、丸見えになった中身に目を凝らした。

濡れた膣口は細かな襞が花弁状に入り組んで息づき、小さな尿道口も見え、包皮の下からは小豆大《あずき》クリトリスが真珠色の光沢を放ち、小さな亀頭型をしてツンと突き立っていた。

「ああ、そんなに見ないで……」

今日香が、彼の熱い視線と息を感じて喘ぎ、新たな蜜をトロリと湧き出させた。

もう堪らず、彼は指を離して顔を埋め込んでいった。

柔らかな恥毛に鼻を擦りつけ、隅々に籠もって生ぬるく蒸れた汗とオシッコの匂いを貪り、胸を満たしながら舌を這わせた。

ヌメリはやはり淡い酸味を含んで、すぐにも舌の動きをヌラヌラと滑らかにさせ、彼は膣口の襞をクチュクチュ掻き回し、味わいながら柔肉をたどってクリトリスまで舐め上げていった。

「あう……！」

今日香がビクッと身を強ばらせて呻き、内腿でムッチリときつく彼の両頬を挟み付けてきた。

則夫はもがく腰を抱え込んで押さえ、執拗にクリトリスを舐め回しては匂いに酔いしれ、泉のように溢れてくる愛液をすすった。

「も、もうやめて、いきそうよ……」

今日香が身を仰け反らせ、声を絞り出した。やはり舌で果てるより、一つになるのを望んでいるようだ。

則夫も味と匂いを鼻腔と舌に焼き付けてから、顔を上げて前進していった。

「ね、入れる前に唾《つば》で濡らして……」

恐る恐る言ってみると、

「跨いで……」

快感に起き上がれないらしい今日香が言うので、則夫も申し訳ないと思いつつ今日香の胸に跨がり、前に両手を突いて先端を彼女の鼻先に突き付けた。

すると彼女もすぐに幹に指を添えて引き寄せ、顔を浮かせて先端に舌を這わせてくれたのだ。

粘液の滲む尿道口も厭《いと》わずチロチロと舐め、熱い息を股間に籠もらせながら、丸く開いた口でスッポリと呑み込んでいった。

「ああ……」

則夫は感激と快感に熱く喘いだ。見下ろすと、憧れのメガネ美女が上気した頬をすぼめ、貪るように吸い付いている。

口の中ではクチュクチュと舌がからみつき、たちまち彼自身は今日香の熱く清らかな唾液にどっぷりと浸った。

「い、いきそう……」

彼も激しく高まって言うと、すぐに今日香が口を離した。

「入れて……」

身を投げ出して言うので、則夫は再び今日香の股間に戻った。そして両脚を浮かせて抱え、股間を進めていった。先端を濡れた割れ目に押し当て、ヌメリを与えるように擦り付けながら位置を探った。

昨夜の初体験では、貴美江にリードされっぱなしだったから、彼にとってはこれが初めての正常位である。

やがて先端を柔肉に押し付けていると、いきなり落とし穴にでも落ち込んだように張り詰めた亀頭がズブリと潜り込んだ。

「あう……、奥まできて……」

今日香が顔を仰け反らせてせがみ、彼も潤いに合わせてヌルヌルッと根元まで押し込んでいった。

肉襞の摩擦が心地よく、潤いと温もりに包まれながら則夫はピッタリと股間を密着させて感触を味わった。とうとう、長年憧れ続けた年上のメガネ美女と一つになれたのだ。

脚を伸ばして身を重ねていくと、下から今日香もしっかりと両手を回してしがみついてきた。胸の下で乳房が押し潰《つぶ》れて心地よく弾み、彼は上からピッタリと唇を重ねていった。

（またキスが最後になっちゃった……）

彼は思いながら、密着する唇の弾力と唾液の湿り気を味わい、今日香の熱い息で鼻腔が湿った。動かなくても膣内の収縮と締め付けで、彼自身はジワジワと絶頂を迫らせていった。

舌を挿《さ》し入れ、滑らかな歯並びを左右にたどると、彼女も歯を開いて受け入れ、ネットリと舌をからみつけてきた。

「ンン……」

今日香は熱く呻き、待ちきれないようにズンズンと股間を突き上げはじめたので、則夫も合わせてぎこちなく腰を動かした。

「アア……、いい気持ち……」

今日香が口を離し、熱く喘ぎながら突き上げを強めてきた。

彼女の口から吐き出される熱い息を嗅ぐと、湿り気と花粉のような甘い刺激が含まれて悩ましく鼻腔を掻き回してきた。

則夫は興奮を高め、今日香の吐息を貪るように嗅ぎながら、いつしか股間をぶつけるように激しく動くと、大量の愛液で律動《りつどう》が滑らかになり、ピチャクチャと淫らな摩擦音が聞こえてきた。

初めての正常位だが、次第に滑らかに動けるようになり、あとは突き上げとリズムが合わないときに、抜けないよう気をつけるだけだった。

それに自分が動きの主導権を握ると、危うくなると弱めたりして調整することができた。

とにかく則夫は、今日香と一つになった感激に中で動き続けたのだった。

2

「い、いっちゃう……、アアーッ……！」

たちまち今日香が声を上げ、彼を乗せたままガクガクと狂おしく腰を跳ね上げはじめたのである。

膣内の締め付けと愛液の量も最高潮になり、実に凄《すさ》まじいオルガスムスだった。

その収縮に巻き込まれるように、続いて彼も昇り詰めてしまった。

「く……！」

則夫は突き上がる大きな快感に呻き、熱いザーメンをドクンドクンと勢いよく彼女の中にほとばしらせた。

「あう、熱いわ……、もっと……！」

奥深い部分を直撃された今日香が、駄目押しの快感を得たように呻き、さらにきつく締め付けてきた。

則夫は心地よい摩擦の中で、心置きなく最後の一滴まで出し尽くし、すっかり満足しながら力を抜いて身を預けていった。

「ああ、すごいわ、こんなに良かったの初めて……」

今日香も肌の強ばりを解き、グッタリと身を投げ出して吐息混じりに言った。

まだ膣内の収縮が繰り返され、そのたびに刺激された幹がヒクヒクと内部で過敏に跳ね上がった。

そして則夫は柔肌にもたれかかり、熱く甘い吐息を嗅ぎながら、うっとりと快感の余韻に浸り込んでいったのだった。

（とうとう今日香さんとしたんだ……）

彼は感激の中で思い、重なったまま呼吸を整えた。

まだ庭からは、麻由と理沙の声が聞こえている。庭で洋館をバックに撮れば、メイド姿は実に写真映えすることだろう。

ようやく彼は、そろそろと今日香の上から身を起こして股間を引き離した。

ティッシュを手にして手早くペニスを拭《ぬぐ》うと、まだグッタリと放心状態の今日香の割れ目も丁寧に拭き清めてやった。

「あ……、ごめんなさい、自分でするわ……」

「ううん、このままお風呂場へ行こう。どうせ二人は庭だから」

我に返って言う今日香に答え、則夫はベッドから降りた。すると彼女も起き上がり、二人で部屋を出た。

全裸で階段を下りて脱衣所に入ったが、庭や食堂からバスルームは遠いので、まず麻由や理沙が来るようなことはないだろう。

彼女がメガネを外してバスルームに入ると、整った素顔が新鮮だった。

今日香は椅子に掛け、互いにシャワーの湯で身体を洗い流した。もちろん則夫自身は、たちまちムクムクと回復し、元の硬さと大きさを取り戻してしまった。

「ね、ここに立って」

彼はバスマットに座りながら言い、今日香を目の前に立たせた。

「どうするの……」

「こうして」

則夫は言い、彼女の片方の足を浮かせてバスタブのふちに乗せさせ、開いた股間に顔を埋めた。もう恥毛に籠もっていた匂いが薄れたが、舌を這わせると新たな愛液が溢れてきた。

今日香も彼の頭に手を置き、膝を震わせながらじっとしていた。

「オシッコ出して」

割れ目に鼻と口を埋めながら、思いきって則夫は言った。やはり昨夜の体験から、どうしても今日香の出したものも味わってみたくなったのだ。

「まあ、どうして……」

「今日香さんみたいに綺麗な人でも出すのかなと思って」

「そんな、出すに決まっているでしょう……」

「ほんの少しでいいので」

腰を抱え込んで言い、割れ目内部に舌を挿し入れて掻き回した。

「アア……、出せるわけないわ、こんな形で……」

今日香は息を震わせて言うが、執拗に彼が吸い付くうち、しなければ終わらないと悟ったか、息を詰めて尿意を高めはじめてくれたようだ。

やはりこれも、屋敷内に籠もる妖しい気のなせる技だろうか。

そして舐めているうち、次第に奥の柔肉が蠢いて、彼女の下腹がヒクヒクと波打ってきた。

「あう、本当に出ちゃうわ、離れて……、アア……」

今日香が言うなり、チョロッと熱い流れがほとばしった。懸命に止めようとしたようだが、いったん放たれた流れは止めようもなく、すぐにもチョロチョロと勢いを付けて彼の口に注がれた。

則夫は舌に受けて味わい、喉にも流し込んだ。やはり匂いも味も淡いもので、飲み込むたびに甘美な悦びが胸いっぱいに広がった。

「何してるの、ダメ……」

飲んでいることを知った今日香が息を詰めて言ったが、彼の顔を股間から突き放す力も湧かないようだった。勢いがつくと、口から溢れた分が温かく胸から腹に伝い流れ、完全に回復したペニスが心地よく浸され、淡い匂いが立ち昇った。

それでも急に勢いが衰えると、間もなく流れはおさまってしまった。

則夫は残り香の中で余りの雫をすすり、割れ目内部を舐め回した。

「も、もう止めて、変になりそうよ……」

ようやく今日香が足を下ろして言い、力尽きたようにクタクタと椅子に座り込んでしまった。

もう一度互いにシャワーを浴びて、則夫は彼女を支えて立たせると脱衣所に出て身体を拭いた。

今日香はまたメガネを掛け、そして二人で庭の様子を窺いながら、また全裸のまま急いで二階へ上がってベッドに戻ったのだった。

「もうこんなに……」

今日香が、彼の勃起を見て呆《あき》れたように言ったが、まだ彼女も満足したりないように目をキラキラさせていた。

「ここ舐めて、綺麗に洗ったから」

仰向けになった則夫が言い、両脚を浮かせて抱え、彼女のほうに尻を突き出した。

「私のは綺麗じゃなかった？」

今日香は羞恥《しゅうち》を甦らせたように言いつつ、素直に腹這いになって顔を寄せた。

「綺麗だったよ、いい匂いがしたし」

「アア、黙って……」

彼女が言い、則夫の尻の谷間を舐め回してくれた。そして自分もされたように、ヌルッと舌が潜り込んでくると、

「あう、気持ちいい……」

則夫は妖しい快感に呻き、味わうようにモグモグと今日香の舌先を肛門で締め付けた。今日香が中で舌を蠢かすと、彼は脚を下ろし、

「ここも舐めて」

陰嚢を指して言った。今日香が舌を這わせると、サラリとセミロングの髪が内腿をくすぐった。二つの睾丸《こうがん》が舌に転がされ、熱い息が股間に籠もり、彼は快感にヒクヒクと内腿を震わせた。

そして愛撫をせがむように屹立《きつりつ》した肉棒を上下させると、今日香も前進して幹の裏側を舐め上げてきた。

先端までくると尿道口をチロチロと舐め、張り詰めた亀頭をスッポリと呑み込んでいった。

「ああ、いい……」

則夫はうっとりと喘ぎ、彼女の口の中で唾液にまみれた幹を震わせた。快感に任せ、ズンズンと股間を突き上げはじめると、

「ンンッ……」

喉の奥を突かれた今日香が小さく呻き、熱い鼻息で恥毛をくすぐった。彼女も顔を上下させ、スポスポとリズミカルな摩擦を繰り返していたが、

「ね、跨いで入れて……」

則夫が言うと、今日香もすぐにスポンと口を離して身を起こした。前進して彼の股間に跨がると、幹に指を添えて先端に濡れた割れ目を押し付けた。息を詰めてゆっくり腰を沈めてゆくと、彼自身は滑らかにヌルヌルッと根元まで嵌《は》まり込んでいった。

「アアッ……！」

今日香が完全に座り込み、股間を密着させて喘いだ。

則夫も快感に包まれながら、両手を回して抱き寄せ、前に貴美江に言われた通り両膝を立てて彼女の尻を支えた。

今日香は覆《おお》いかぶさり、彼の胸に乳房を押し付け、あらためてペニスを味わう

ようにキュッキュッときつく締め上げてきた。

「唾を垂らして……」

彼は徐々に股間を突き上げながら言うと、

「出ないわ……」

今日香は言いながらも懸命に分泌《ぶんぴつ》させ、形良い唇をすぼめて迫らせると、白っぽく小泡の多い唾液をクチュッと吐き出してくれた。

それを彼は舌に受けて味わい、うっとりと喉を潤した。

さらに突き上げを強めながら彼女の顔を引き寄せ、喘ぐ口に鼻を押し込んで花粉臭の吐息で胸を満たすと、

「アア……」

今日香も熱く喘ぎ、惜しみなく息を吐きかけてくれながら腰を動かした。

則夫は激しく動きながら収縮と締め付け、温かく濡れた摩擦と甘い刺激の吐息で急激に高まった。

そして今度は先に彼が、激しく昇り詰めてしまったのである。

「い、いく……！」

声を洩らし、ありったけの熱いザーメンをドクンドクンと勢いよく注入すると、

「き、気持ちいいわ……、アアーッ……！」

噴出を感じた今日香も、同時に声を上げてガクガクと狂おしいオルガスムスの痙攣を開始した。

則夫は心ゆくまで快感を嚙み締め、最後の一滴まで出し尽くしながら満足して動きを弱めていった。今日香も満足げにグッタリともたれかかり、彼は甘い吐息を嗅ぎながら、うっとりと余韻を嚙み締めたのだった。

3

「わあ、お昼はパスタ？　嬉しいわ」

昼に貴美江と佐枝子が戻り、昼食の仕度を始めると理沙が歓声を上げた。

麻由ともども、二人はよほどメイド服が気に入ったか、ずっとそのままの格好《かっこう》で食卓に着いた。

もちろん誰も、則夫と今日香が昼まで濃厚なセックスをしていたことなど夢にも思わないだろう。

則夫は何事もなかった顔つきで階下へ降り、今日香も、そこは彼より大人だからすっかり平静を装って仕度を手伝った。

やがて手早くパスタが茹《ゆ》で上がると、味付けをして皿に盛り、一同は食堂で昼食を囲んだ。

「午後はどうする？」

理沙が言うと、貴美江も食卓に着いて答えた。

「もっと車で奥へ行くと、小さな滝もあるわ。大したものじゃないけど、写真を撮るにはいいかもしれないわね」

「わあ、じゃ行ってみましょう。車なら、今日香先生もどうです？」

理沙が言った。女子大生二人は免許がなく、今日香なら運転できる。

「ええ、せっかくだから行きましょうか」

今日香も、それほど億劫《おっくう》そうでもなく答えた。

やがて昼食を終えると、佐枝子のバンを借りた今日香が運転し、麻由と理沙を乗せて出ていった。

則夫は、またレポートでもしようと思って二階へ行った。

貴美江と佐枝子は夕食の仕度をするらしい。

彼が部屋に入り、やはりレポートなどする気もなくベッドに横になった。

何といっても憧れの今日香とセックスできたことが大きく心を占めていたのだ。

どうせ二階には誰も来ないだろうから、こっそり向かいの今日香の部屋に入り、枕の匂いでも嗅いで抜いてしまおうかとも思った。

そう、いかに肌を重ねようとも、やはり長年の童貞の習慣があり、何かとオナニーすることばかり優先的に意識してしまうのである。

あるいは、麻由か理沙の部屋でも良いと思ってしまった。誰も昨日と同じ下着を着けているわけではないから、きっと部屋には昨日の分の匂い付き下着がしまってあることだろう。

そんなことを思うと、昼前に二回射精したというのに、またムクムクと勃起してきてしまった。

何しろ今までオナニーでさえ日に三回はしていたのだし、まして今は生身の女体やナマの匂いが屋敷内に山ほどあるのだ。

しかし、実際には勇気がなくて、彼女たちの部屋にこっそり忍び込むことなどできないだろう。

すると、そのときドアが軽くノックされ、驚いて起き上がって開けると、佐枝子が入ってきたのだった。

「お邪魔するわ。貴美江さんが一人で大丈夫というものだから」

「ええ、どうぞ」

「レポート書くのに邪魔なら出ていくけど」

「いえ、どうせやりませんので」

則夫はベッドに座り、彼女に椅子をすすめた。

佐枝子は三十歳の主婦で子はなく、旦那は高校の教員らしく、顧問のクラブ活動で合宿に出向いているようだった。

彼女もOGとして何度か大学のミス研にも顔を出していたので、則夫も以前からの知り合いで、この色っぽい人妻の面影でも妄想オナニーのお世話になっていたものだった。

「それで、宮川君はまだ童貞なの？」

佐枝子が、唐突に話を振ってきた。ここでも、彼の童貞が話題になっている。

昨日から、もう二人も知っているのだと言いたかったが、

「え、ええ……」

結局、無垢なふりをして彼は答えていた。そのほうが、何か良いことが起こりそうな気がしたのである。

「そう、せっかく女ばかりの旅行に参加しているのに、何もないのは寂しいわね」

「さ、佐枝子さんが教えてくれますか……」

言われて、彼は思いきって言ってしまっていた。今までなら絶対に口に出せないことも、すでに二人の女体を知り、まして妖しい雰囲気のあるこの館の中だと、何やら自然に口に出せたのだった。

「私でいいの？」

「ええ、もちろんです」

「いいわ。三人はしばらく戻らないだろうし、貴美江さんも二階には来ないから」

佐枝子が言い、淫気を湧かせたように熱い眼差しで腰を上げた。

「さあ、じゃ脱いで」

彼女は言うなり、自分から手早くブラウスのボタンを外しはじめた。

則夫は急激に興奮を覚え、胸を高鳴らせながら手早くTシャツと短パンを脱ぎ、全裸になってベッドに横たわった。

佐枝子もためらいなく脱いでゆき、たちまち一糸まとわぬ姿になるとベッドに迫ってきた。

やはり貴美江ほどではないが豊かな胸の膨らみが揺れ、着瘦《や》せするたちなのか腰のラインも意外に豊満だった。

しかも、屋敷から出ていなかった今日香より、ずっと生ぬるく濃厚に甘ったるい体臭が揺らめいた。

「すごいわ、こんなに勃《た》って……」

佐枝子が熱い視線を向けて顔を寄せ、硬度や感触を確かめるように、張り詰めた亀頭や幹に触れてきた。

そして屈み込んでチロリと先端を舐め、彼の反応にも目を遣りながらパクッと亀頭をくわえてくれた。

「あう……、気持ちいい……」

そのまま喉の奥までスッポリ呑み込まれ、則夫は快感に呻いた。

佐枝子も深々と含んで幹を締め付け、上気した頬をすぼめてチューッと強く吸い付いてきた。

熱い息が股間をくすぐり、口の中では舌が蠢いて、満遍なくペニスを味わった。

さらに顔を上下させ、スポスポと強烈な摩擦を開始したのである。

「い、いきそう……」

急激に高まった則夫が口走ると、彼女はすぐに口を離した。

「お口に出す？　いいのよ。若い子の飲んでみたいから」

「そ、そんな勿体《もったい》ないことできません、まだ僕は何もしてないのに……」

「そう、じゃ私にして」

佐枝子は言うなり股間から離れ、仰向けになってきた。彼も入れ替わりに身を起こし、色っぽい美人妻の肢体を見下ろした。

そして則夫は、まず彼女の脚に屈み込み、足裏に舌を這わせて揃った指の間に鼻を割り込ませて嗅いだ。

「あん、そんなところから……？」

佐枝子が驚いたように言ったが、拒みはせず身を投げ出していてくれた。

やはり指の股は汗と脂に湿り、ムレムレの匂いが生ぬるく沁み付いていた。

則夫は蒸れた匂いを貪ってから爪先にしゃぶり付き、順々に指の股に舌を潜り込ませて味わった。

「あう……、汚いのに、いいの……？」

佐枝子も息を弾ませ、クネクネと腰をよじらせはじめた。童貞なら、割れ目を観察してすぐ挿入するとでも思っていたのだろう。だからシャワーも浴びていないのに来てくれたのかもしれない。

彼は両足とも、全ての指の味と匂いを貪り尽くした。

そして彼女を大股開きにさせ、スベスベの脚の内側を舐め上げ、ムッチリと量感ある内腿をたどって、熱気の籠もる中心部に迫っていった。

股間の丘には案外濃い恥毛が密集し、割れ目からはみ出す陰唇はネットリと愛液に潤っていた。

指で広げると、膣口が妖しく息づき、奥からは白っぽい本気汁も滲んでいた。

クリトリスは貴美江と同じぐらい、小指の先ほどで、彼は匂いに吸い寄せられるように顔を埋め込んでしまった。

蒸れた汗と残尿臭を嗅いで鼻腔を満たし、舌を挿し入れて熱いヌメリを掻き回してクリトリスまで舐め上げていった。

4

「アアッ……、い、いい気持ち……」

佐枝子が身を弓なりにさせて熱く喘ぎ、ヒクヒクと白い下腹を波打たせた。

則夫は匂いに酔いしれながら愛液をすすり、執拗にクリトリスを舐め回すと、彼女が絶頂を迫らせたように激しく悶えた。

高校教師の夫も忙しい時期だし、最近はめっきり夫婦生活も行わなくなっているのかもしれない。

則夫は割れ目の味と匂いを充分に堪能すると、彼女の両脚を浮かせて尻の谷間へと迫っていった。

薄桃色の蕾は、微かにぷっくりとした小さな乳頭状の突起が上下左右にあり、椿《つばき》の花びらのように艶めかしかった。

彼は双丘に顔を密着させ、谷間の蕾に鼻を埋め込んで嗅ぐと、蒸れた汗の匂いに、淡いビネガー臭も混じって悩ましく鼻腔が刺激された。

胸を満たしてから舌を這わせ、唾液に濡らしてからヌルッと潜り込ませて滑らかな粘膜を探ると、

「あう……、そんなところも舐めてくれるの……」

佐枝子が呻き、キュッと肛門で舌先を締め付けた。

則夫は舌を蠢かせ、淡く甘苦い粘膜を味わうと、鼻先の割れ目からはさらに新

たな愛液がトロトロと漏れてきた。

ようやく脚を下ろし、ヌメリを伝って再び割れ目を舐め上げ、チュッとクリトリスに吸い付くと、

「い、入れて……」

佐枝子が息を詰めてせがみ、彼も身を起こして股間を進めていった。

幹に指を添えて先端を押し付け、潤いを与えながら膣口に差し入れていくと、たちまち彼自身はヌルヌルッと滑らかに根元まで呑み込まれていった。

「アア……、いいわ……！」

佐枝子が顔を仰け反らせて喘ぎ、若いペニスを味わうようにキュッキュッと締め付けた。

彼は股間を密着させて身を重ね、まだ動かず温もりと感触を嚙み締めながら、屈み込んで乳首に吸い付いていった。

左右の乳首を交互に含んで舐め回し、顔中で柔らかな膨らみの感触を味わった。

さらに腋の下にも鼻を埋め込むと、もちろん貴美江と違い腋毛はなく、生ぬるい湿り気と甘ったるい汗の匂いが感じられた。

「つ、突いて、強く何度も奥まで……」

彼女が、ズンズンと股間を突き上げながら熱く囁いた。

則夫も徐々に腰を突き動かし、何とも心地よい摩擦を味わいながら、上からピッタリと唇を重ねていった。

「ンン……」

舌を挿し入れると彼女も熱く呻き、息で彼の鼻腔を湿らせながらネットリと舌をからめてくれた。生温かな唾液に濡れた舌が滑らかに蠢き、彼は潤いをすすりながら律動を強めた。

「アアッ……、い、いきそう……！」

佐枝子が口を離して喘ぎ、収縮と潤いを活発にさせてきた。

熱い吐息は女らしい甘い匂いに、昼食の名残かパスタのガーリック臭が混じり、いかにもケアしていないリアルな主婦といった感じでギャップ萌《も》えの興奮が増し、彼は喘ぐ口に鼻を押し込んで貪り嗅いだ。

悩ましい刺激が鼻腔を掻き回し、彼もジワジワと絶頂が迫ってくると、

「気持ちいいわ、いく……！」

佐枝子が絶句するなり、ガクガクと狂おしい痙攣が開始されたのだ。

たちまち則夫も絶頂に達し、

「く……！」

快感に呻きながら、熱いザーメンをドクンドクンと勢いよく注入した。

「アア……、出てるのね、感じる……」

噴出を受けた佐枝子が駄目押しの快感に喘ぎ、締め付けと収縮を強めた。

則夫はメンバーの中で、唯一の人妻の感触を嚙み締めながら、心置きなく最後の一滴まで出し尽くしていった。

大きな満足に包まれながら徐々に動きを弱めてゆき、力を抜いてグッタリと体重を預けていくと、

「ああ……、良かった……」

佐枝子も硬直を解き、身を投げ出して吐息混じりに呟いた。

まだ膣内は収縮が続き、過敏になった幹がヒクヒクと震え、彼は美人妻の熱い吐息を胸いっぱいに嗅いで鼻腔を刺激されながら、うっとりと快感の余韻に浸り込んでいったのだった。

しばし重なったまま、互いに荒い呼吸を整えていたが、

「上手すぎるわ……、もう誰かとしちゃった……？」

ふと佐枝子が訊いてきた。

「そう、どっちでも構わないけど、何だか、みんなここへ来てからモヤモヤしているみたい。誰とでもできそうよ……」

彼女が言い、やはり屋敷の妖しい雰囲気を感じ取っているようだった。

「もしかして、景山六郎ってまだ生きてるんじゃないかしら……」

「そんな……、密葬は終わったとネットにも載っているし」

佐枝子の言葉に驚き、彼は記憶をたどって答えた。だが、そういえば今日香は、誰かに見られている気がすると言っていたのだ。

「そうね、ミステリー小説ならありがちだけど、そんなことあるわけないわね」

ミス研の創設者である佐枝子も言い、やがて彼はそろそろと身を起こして股間を引き離した。

するとと彼女も枕元のティッシュの箱を引き寄せ、自分で割れ目を拭きながら、

「拭いてあげる……」

言うので、則夫も添い寝して身を投げ出した。

入れ替わりに佐枝子が身を起こして彼の股間に屈み込み、まだ愛液とザーメンにまみれているペニスに舌を這わせてきた。

「あう……」

先端を舐められ、思わず彼はビクリと反応して呻いた。

さらに彼女がスッポリと呑み込み、頬をすぼめて吸い付いてきた。

しかし、すでに過敏な時期は過ぎているので、含まれて舌で転がされるうち彼自身はムクムク回復していった。

「わあ嬉しい、もう一回できそうね」

スポンと口を離して佐枝子が歓声を上げ、身を起こして跨がってきた。そして濡れた先端に膣口を宛て、一気に座り込んでヌルヌルッと受け入れていった。

正常位と女上位で、いくらも間を空けていないので、ほとんど抜かずの二発と同じようだ。

「アアッ……、いい気持ち……」

股間を密着させ、顔を仰け反らせた佐枝子が喘いだ。

則夫も股間に温もりと重みを受け、再び快適な柔肉に包まれながら高まってきた。

彼女はすぐに身を重ね、乳房を押し付けながら激しく腰を遣いはじめた。

まださっきの絶頂がくすぶり、あっという間に高まってきたようだ。

「唾を垂らして……」

則夫が美女に組み伏せられながらせがむと、佐枝子も懸命に唾液を分泌させ、顔を寄せてクチュッと吐き出してくれた。

彼は味わい、生温かく小泡の多い粘液でうっとりと喉を潤した。

「美味しいの？　味なんかないでしょう」

「うん、でも美味しい……。顔中もヌルヌルにして……」

ズンズンと股間を突き上げはじめながら言うと、佐枝子も彼の鼻筋にトロリと唾液を垂らし、舌で顔中にヌラヌラと塗り付けてくれた。

濃厚な吐息の匂いと唾液のヌメリにまみれ、則夫も絶頂が迫ってきた。

「アア……、気持ちいいわ……、もっと突いて……」

佐枝子も息を弾ませ、収縮と潤いを増して喘いだ。

やはり彼女も、上になったほうが自由に動けるようで、特に膣内の感じる一点ばかり集中的に先端を押し付けてきた。

「い、いく……！」

たちまち則夫が昇り詰め、激しい快感に口走って射精すると、途端に彼女もガクガクと狂おしい痙攣を開始した。

「い、いい……、ああーッ……！」

声を上ずらせ、激しいオルガスムスに彼女は身悶えながら、膣内をきつく締め上げてきた。則夫も心ゆくまで快感を嚙み締め、最後の一滴まで柔肉の奥に出し尽くしていった。

彼が徐々に突き上げを弱めていくと、佐枝子も満足げに強ばりを解き、力を抜いてグッタリともたれかかってきた。

「アア、良かったわ。続けてしたの初めてよ……」

彼女が濃厚な吐息で囁き、則夫も嗅いで鼻腔を刺激されながら、息づく膣内でヒクヒクと過敏に幹を震わせたのだった。

5

(天気が崩れそうだ。あの三人、大丈夫かな……)

則夫はベッドに横になったまま遠雷《えんらい》を聞き、窓から、見る見る黒い雲に覆われてゆく空を見上げて思った。

もう佐枝子は身繕いをして階下へ降り、また貴美江を手伝っているようだった。

ようやく彼も身を起こしてTシャツと短パンを着け、ベッドに腰を下ろして呼吸を整えた。満足感はあるが疲労はなく、いつでもまたできそうなほど全身に精力が漲《みなぎ》っていた。

(六郎先生が、まだ生きている？　そんなはずは……)

則夫は、佐枝子が言った言葉を思い出していた。

二階には、六部屋があり、今は五つが埋まっている。

だからいちばん奥、麻由の向かいの部屋は空室だった。ふと思い立ち、彼は部屋を出て、廊下の奥へ進んでいった。

奥の部屋のノブを握ると、そこは施錠されていた。

どうやら六郎が、私室に使うつもりだった部屋かもしれない。ということは、客室は五つということになる。

入れずに諦《あきら》め、彼が引き返そうとしたそのとき、室内から物音が聞こえた。

(え？　誰もいないはずなのに……)

則夫がビクリと立ちすくみ、ドアに耳を寄せて聞くと、内側からロックが外される音がして、いきなりドアが開いたのである。

「うわ……！」

則夫は思わず声を上げ、腰を抜かしそうになったが、顔を見せたのは何と貴美江ではないか。

「入って」

貴美江が則夫の疑問を察したように言い、彼も恐る恐る中に足を踏み入れた。

そこも、ベッドと机のある他と同じ部屋だった。ただ、机には二つの大きなモニターが据《す》えられ、多くの機器が並んでいるではないか。

しかも、奥の戸が開き、下に続く階段が見えていた。

「こ、この部屋は……」

「そう、私のお部屋と繫《つな》がってるの。作り付けのロッカーの奥に隠し階段があって、誰にも知られず上下を行き来できるのよ。先生の設計で」

貴美江が言う。では、玄関ホールにある階段を使わなくても、貴美江の部屋から二階に来られるのだった。

今、貴美江は佐枝子に夕食の仕度を任せ、こっそり上がってきたらしい。

スイッチの入れられた二つのモニターを見ると、階下のバスルームやトイレ、二階の客室などの様子が映されていた。

もちろん今は風呂もトイレも、各部屋にも、誰もいなかった。女性たちの部屋もきちんとして誰も散らかさず、僅かにベッドに乱れがあるだけである。

「これは、盗撮……？」

「そうよ。先生は多くの女性をメイドカフェに招いて、その様子をこっそり見たがっていた。本当に、心残りだったと思うわ」

では、やはり今日香が言った、見られている感覚は正解だったのだ。レンズやマイクなどは、部屋にある時計や額などに、巧みに仕込まれているのだろう。

「どうして、秘密の部屋を僕に……？」

「それは、あなたが二代目の素質を持っているから」

貴美江は、何もかも見通しているように言った。

してみると彼女はこの部屋で、則夫が今日香や佐枝子とセックスしたことも、全て見ていたのだろう。買い物で外出中のときも、戻ってから録画されているものをチェックしたのかもしれない。

そして貴美江は彼に機器の操作をざっと教えると、いったんモニターのスイッチを切り、彼にこの部屋の鍵を手渡してくれた。

「ここは自由に出入りしていいわ。誰にも内緒で」

「は、はあ……」

「じゃ、そろそろ三人も戻るだろうから、夕食に下りていらっしゃい。私はこっちから下りるので、あなたは鍵を掛けてね」

貴美江が言い、奥の隠し階段に入ると戸を閉め、階段を下りていったようだ。

則夫も室内を見回し、やがて外に出ると預かった鍵でドアを施錠した。

鍵をポケットに入れると彼は階下に降り、間もなく雨が降りはじめてきた。

すると車の停まる音が聞こえ、バンから三人が降りてきた。運転席から今日香が出てきて、後部ドアからメイド服の麻由と理沙が、雨に悲鳴を上げて小走りに屋敷に入ってきた。

辛うじて、大雨に遭わずに済んだようだ。

雨足はあっという間に激しくなり、暗い雲に雷光が閃《ひらめ》き、すっかり近づいた雷鳴も激しく響き渡った。

「キャッ……、山で雨に遭わなくて良かったわ……」

麻由が雷鳴に驚いて言い、車から屋敷までの僅かな距離に濡れた髪を拭いた。

「秋雨前線だって……」

テレビを点《つ》けた理沙が言い、みんなも天気予報に見入った。

予定では、明日の昼食を済ませたら帰途につくはずだったのだ。

「ここは構わないのよ、何日いても」

貴美江が言った。

「それにこの降りじゃ、車でも危ないわ。町までは道が舗装されていないから」

「ええ、どうせ夏休み中なので、一日二日延びても大丈夫だけど」

今日香が貴美江に答え、みんなの様子を見回すと、一同も特に何かの予定が押しているわけでもなさそうだった。

「じゃ、豪雨がおさまるまで落ち着くことにしましょう」

佐枝子が言うと、みんなも納得し、出来上がった夕食を各自で食堂へと運び込んでいった。

やがて麻由以外はビールで乾杯し、豪華な食卓を囲んだ。

則夫は、貴美江から秘密の部屋を教わり、料理を味わうよりも、そっちのほうが気になってしまっていた。

各部屋を覗き、寝顔を見られるのだろう。オナニーする人はいないだろうか、あるいは麻由と理沙がレズごっこでもしないか。それにバスルームやトイレの様子も見てみたかった。

しかも六郎の二代目ということで、いずれ貴美江はこの屋敷を則夫に譲ってくれるのではないかということまで先走ってしまった。

則夫の実家は甲府《こうふ》で、両親は学習塾を経営している。五つ上の兄もスタッフに加わっているので、別に則夫が貴美江の養子に入っても困らないだろう、と、そんなことも考えてしまったのである。

そうしたら、大学助手も辞めてここでペンションでも開設し、空いた時間には好きなミステリーを読んだり、投稿作品を執筆しても良い。

そして貴美江のような豊満美熟女が、自分の母親になるというのは、何とも甘美な空想であった。

そんな都合の良いことばかり思っているうち、やがて一同は夕食を終えた。

あとは片付けと洗い物を手分けし、風呂に入るものと二階へ引き上げるものなど、それぞれ勝手に行動した。

則夫も、彼女たちの風呂が一段落すると入り、また浴室内に立ち籠めた濃厚な女臭の中で体を洗い、歯磨きをして湯に浸かったのだった。ムクムクと勃起したが、やはり自分で抜いてしまうのはあまりに勿体ないので我慢した。

バスルームを出て脱衣所で身体を拭いていると、ふと気づいて洗濯機の中を見てみた。すると何と、彼女たちの下着やシャツが入れられているではないか。

二泊だけなら洗濯物は持ち帰るつもりだったようだが、大雨で滞在が長引くのなら乾燥機付きの洗濯機を使って良いと、貴美江に言われたのだろう。

どれが誰のものかも分からないが、則夫は彼女たちの体型と下着の大きさなどで想像しながら、片っ端から観察した。

どれもシミはほんの少量だったが、それぞれ繊維の隅々に蒸れた汗の匂いが濃く沁み付き、股間の当たる部分には悩ましい匂いも籠もっていた。

則夫は順々に嗅いでは陶然《とうぜん》となり、ショーツだけでなくシャツの腋の下や、ソックスの爪先まで全て貪ってしまった。

どれも彼女たちのナマの匂いが正直に沁み込み、彼は暴発しそうなほどピンピンに勃起してしまった。

やがて全て元通り洗濯機に入れ、身繕いをして脱衣所を出ると、階下の灯りはもう消されていた。

貴美江は奥の部屋へと引っ込み、彼女たちも二階へ行ったようだ。

二階へ上がると、聞こえるのは激しい雨音だけで、彼女たちの部屋は静かだった。

もうＵＮＯにも飽きたか、麻由と理沙もそれぞれの部屋に入ったらしい。

則夫もいったん自分の部屋に入り、たまに雷鳴の閃く窓の外を見上げてからカーテンを閉めた。

(停電は大丈夫かな……)

少し心配しながら、とにかくベッドに横になった。各部屋は静かだが、さすがにまだ眠っていないだろうから、秘密の部屋へ行くのは少し待つことにした。

何しろ奥の部屋へ行くには、彼女たちの部屋の前を通らなくてはならない。階下にある貴美江の部屋から上がれるが、淫らな目的で彼女を煩《わずら》わせるのも控えたかった。

すると、そうしているうちドアが軽くノックされたのである。

「はい、誰……?」

則夫が立って恐る恐るドアを開けると、何とメイド服姿のままの理沙が入って来たのだった。

第三章　メイドたちの熱き欲望

1

「いいかしら、まだ眠くないわよね」

「ええ、どうぞ」

則夫は理沙に答え、中に招き入れた。

メイド服のままということは、どうやら朝からこの格好で、入浴も後回しにしているらしい。そういえば彼女が動くたび、生ぬるく甘ったるい匂いがほんのり感じられていた。

則夫はベッドに掛け、彼女に椅子をすすめた。颯爽《さっそう》たる長身のメイドが長い脚を組み、正にツンデレの妖しさが漂っていた。

「何だかお風呂に入る気もなくて、麻由は早くに寝てしまったし、一人でつまらなかったから」

「ええ、構わないよ。僕も退屈していたから」

彼は、一級下だがお姉さんのような雰囲気のある理沙に言った。

「私と、してみる？」

唐突に理沙が、じっと彼を見つめて言った。やはり彼女も、屋敷内の妖しい気に操られ、性欲を湧かせているのかもしれない。もちろん彼女が来たときから、則夫もそんな予感に股間が熱くなっていた。

「え……？」

「私が最初で良いのなら」

理沙が言う。彼女もまた則夫を無垢と思い込み、それならと彼も童貞のふりをしたままでいた。

「ええ、お願いできるのなら是非」

「いいわ、脱いで」

理沙が立ち上がって言い、則夫も手早くTシャツと短パンを脱ぎ、激しく勃起しながら全裸でベッドに仰向けになった。

「してほしいことがあったら言って」

理沙はエプロンを外し、白いソックスだけ脱ぎ去って言った。

「うん、せっかくだから、その格好のままベッドに上がって」

言うと理沙も、すぐにベッドに上がってきた。

「どうされたい？」

「顔に跨がってしゃがんで」

勃起した幹を震わせて言うと、理沙も彼の顔の左右に両足を置いて跨ぎ、スックと立ってくれた。さすがに長い脚で、スカートの奥には翳りが覗いているので、どうやらノーパンできてくれたようだ。

そして彼女はゆっくりしゃがみ込み、和式トイレスタイルで脚をM字にさせ、裾《すそ》をめくって割れ目を鼻先に突き付けてきた。

見上げると、やはり水着からはみ出さないよう手入れしているのか、恥毛は丘にほんのひとつまみほど煙っているだけだ。

そして大股開きのため、滑らかな内腿がムッチリと張り詰め、割れ目からはみ出した陰唇が僅かに開き、濡れて息づく膣口と、親指の先ほどもある大きなクリトリスがツンと突き立っていた。

何やらこの大きなクリトリスが、ボーイッシュな理沙の力の源のような気がした。

則夫は真下から目を凝らして観察し、やがて腰を抱き寄せていった。

股間に鼻と口を埋め込むと、やはり恥毛の隅々には蒸れた汗とオシッコの匂いが濃厚に籠もり、馥郁《ふくいく》と鼻腔を掻き回してきた。

則夫は颯爽たるアスリート美女の匂いを貪って胸を満たし、濡れている割れ目に舌を這わせはじめた。

匂いに噎せ返りながら淡い酸味のヌメリを掻き回し、息づく膣口の襞から大きなクリトリスまでゆっくり舐め上げていくと、

「アア……、噛んで……」

じっと息を詰めていた理沙が熱く喘ぎ、新たな蜜を漏らしてきた。

やはり過酷な練習に明け暮れてきた彼女は、ソフトな愛撫よりも痛いぐらいの刺激のほうが好みなのだろう。

則夫もクリトリスをそっと前歯で挟み、コリコリと軽く噛んでやった。

「あう、いい、もっと強く……！」

理沙は呻き、クネクネと腰をよじらせて反応した。顔の前をスカートが覆っているので彼女の表情までは見えないが、愛液の量は格段に増えていた。

彼は舌と歯で愛撫を続け、垂れてくる蜜をすすり、充分に匂いを味わってから

尻の真下に潜り込んでいった。

するとと谷間にあるピンクの蕾は、僅かにレモンの先のように突き出た艶めかしい形状をしていた。これも、年中練習で力んでいた名残だろうか。

本当にどんな美女でも着衣では想像がつかず、股間ばかりは脱がせて見てみないと分からないものである。

双丘に顔中を密着させると、谷間にピッタリと鼻がフィットした。

微かに湿った蕾には、蒸れた微香が沁み付いて鼻腔が刺激され、彼は充分に嗅いでから舌を這わせた。

チロチロと舐めて濡らし、ヌルッと潜り込ませると滑らかな粘膜が迎えた。

「あう……、嘘、そんなところ舐めるの……？　変な気持ち……」

理沙が呻き、モグモグと肛門で舌先を締め付けてきた。

もちろん処女ではないだろうが、やはり突っ込むだけが取り柄で、尻の谷間など舐めない運動バカと付き合ってきたのだろう。

則夫は執拗に舌を蠢かせ、甘苦い粘膜を探った。

ようやく舌を引き離し、再び割れ目に戻って大洪水の愛液をすすり、大きなクリトリスに吸い付いていった。

「アア……、いきそうよ、もういいわ……」

理沙がしゃがみ込んでいられれず、喘ぎながら両膝を突くと、やがてそろそろと股間を引き離して移動した。

仰向けの則夫が大股開きになると、理沙はその真ん中に腹這い、顔を寄せて彼の両脚を浮かせると尻に迫ってきた。

「ここ舐められたの初めてよ。変な感じだけど、気持ち良かった……」

理沙が言い、舌を伸ばしてチロチロと彼の肛門を舐め回してくれた。

熱い鼻息で陰嚢をくすぐり、やがてヌルッと潜り込ませると、

「く……」

則夫は快感に呻き、キュッと肛門で理沙の舌先を締め付けた。

そして内部で舌を蠢かせてから、やがて脚を下ろして陰嚢をしゃぶり、さらに前進してペニスの裏側を舐め上げてきた。

先端までくると、粘液の滲む尿道口をしゃぶり、そのままスッポリと喉の奥まで呑み込んでいった。

「ああ、気持ちいい……」

則夫も、熱く濡れた口腔に深々と含まれて喘いだ。

股間を見ると、ツンと澄ましたメイドがおしゃぶりしてくれていた。

彼女は熱い息を股間に籠もらせながら頬をすぼめて吸い付き、口の中ではクチュクチュと舌がからみついてきた。

たちまち彼自身は生温かな唾液にまみれ、絶頂を迫らせてヒクヒクと震えた。

「い、いきそう……」

すっかり高まって警告を発すると、理沙もすぐにスポンと口を引き離し、

「入れるわ。上になっていい?」

言いながら返事も待たず、身を起こして前進した。そして彼の股間に跨がり、先端に濡れた割れ目を押し付け、ゆっくり腰を沈めながらヌルヌルッと滑らかに根元まで受け入れていった。

「アアッ……!」

理沙が顔を仰け反らせて喘ぎ、ピッタリと股間を密着させて座り込んだ。

則夫も、熱いほどの温もりときつい締め付け、大量の潤いに包まれて快感を噛み締めた。

すると彼女はメイド服のボタンを外し、前を開くと中はノーブラで、すぐにも白く形良い膨らみがはみ出してきた。

それほど豊かではないが、張りがあって感度も良さそうである。

理沙は胸を突き出してゆっくり身を重ねてきたので、彼も潜り込むようにしてチュッと乳首に吸い付き、舌で転がした。

「噛んで……」

ここでも理沙は強い刺激を求めて言い、則夫はコリコリと前歯で愛撫してやった。

「ああ……、いい気持ち……」

彼女は喘ぎ、則夫の顔中に膨らみを押し付けてきた。密着する温もりや弾力とともに、甘ったるい汗の匂いが悩ましく鼻腔を刺激してきた。

彼は左右の乳首を味わい、充分に舌と歯で愛撫すると、さらに乱れたメイド服の中に潜り込み、生ぬるく湿った腋の下にも鼻を押し付けて嗅いだ。

甘ったるく蒸れた汗の匂いが馥郁と鼻腔を満たし、彼は膣内でヒクヒクと幹を歓喜に震わせた。

「アア、動いてるわ……」

理沙が言い、徐々に腰を動かしはじめた。

彼も下から両手でしがみつき、ズンズンと股間を突き上げていった。

すぐにも互いの動きがリズミカルに一致し、クチュクチュと湿った摩擦音が響いてきた。

腰を遣いながら、理沙が上からピッタリと唇を重ね、ヌルリと舌が侵入してきた。

則夫もチロチロと舌をからめ、生温かな唾液に濡れて滑らかに蠢く美女の舌を味わい、滴る唾液をすすった。

なおも動き続けると、膣内の収縮が活発になり、溢れる愛液が互いの股間を生ぬるくビショビショに濡らしてきた。

そして土砂降りの雨音と雷鳴も、さらに激しくなってきたのだった。

2

「ああ……、いい気持ちよ、すぐいきそう……！」

理沙が口を離して喘ぎ、動きを強めてきた。

則夫は、自分だけ全裸で、乳房をはみ出させたままで着衣のメイドと交わっていることに激しい興奮を覚えた。

理沙の口から吐き出される息は炎のように熱く、シナモンに似た刺激を含んで鼻腔を悩ましく掻き回してきた。

「しゃぶって……」

則夫は股間を突き上げながら彼女の顔を引き寄せ、かぐわしい息で喘ぐ口に鼻を押し込んで囁いた。

彼女も腰を遣い、熱くかぐわしい息を弾ませながら彼の鼻の穴を舐め、まるでフェラチオするように鼻をしゃぶってくれた。

唾液と吐息の匂いが鼻腔を掻き回し、生温かなヌメリが鼻を濡らし、さらに位置を変えると顔中がヌラヌラとまみれていった。

もう限界である。則夫は匂いと潤い、肉襞の摩擦の中で激しく昇り詰め、

「い、いく……！」

快感に貫かれながら口走った。同時に、ありったけの熱いザーメンがドクンドクンと勢いよく噴出し、

「い、いいわ……、アアーッ……！」

奥深くに直撃を受けた理沙も声を上げ、ガクガクと狂おしいオルガスムスの痙攣を開始した。

「ああ、気持ちいい……」

則夫は熱い息を嗅ぎながら、収縮を増した膣内で快感を嚙み締め、心置きなく最後の一滴まで出し尽くしていった。

何度しても疲れないのは、適度に相手が変わるからなのだろう。やはり男というものは、相手さえ変われば淫気も興奮もリセットされ、何度でもできるものなのかもしれない。

満足しながら突き上げを弱めていくと、

「ああ……、すごく良かった……」

理沙も声を洩らし、満足げに肌の硬直を解くと、グッタリと力を抜いてもたれかかってきた。運動の苦手な彼から、これほど大きな快感を得られたのが、驚くほど意外だったようだ。

互いに動きを止め、荒い息遣いを混じらせて重なった。膣内の収縮に刺激され、幹がヒクヒクと内部で過敏に跳ね上がり、則夫はシナモン臭の吐息を嗅ぎながら余韻を味わった。

「中出しして大丈夫だった?」

やはり相手が年下だから、彼は気になって訊いた。

「ええ、大丈夫、ピル飲んでいるから。ちなみに麻由にも飲ませているから、彼女にも中出ししていいわ」

理沙が息を弾ませて答える。

してみると、麻由ともできそうな雰囲気があるのかもしれない。

「またしましょう。じゃお風呂行ってくるわね」

理沙が言い、股間を引き離してベッドから降りた。

そして軽くティッシュで割れ目を拭うと、乱れたメイド服のまま静かに部屋を出て行った。

則夫は、仰向けのまま理沙の残り香を感じながら呼吸を整え、とうとう理沙とまで懇ろになれたことを感慨とともに思った。

これで、まだ触れていないのは、美少女の麻由だけとなってしまった。

その麻由とも、どうもできそうな気がする。

あるいは山で、麻由も好奇心いっぱいの話などを理沙に打ち明けているのではないだろうか。

雨音と雷鳴はますます激しく、まだしばらくは屋敷に滞在することになるだろう。

やがて彼もティッシュでペニスを拭い、身を起こしてTシャツと短パンを着けた。

そして、そっと部屋を抜け出し、奥の部屋まで行って鍵を開けた。

何しろ台風のような豪雨だから、誰か起きていたにしても彼の足音は聞こえないだろう。

そっと部屋に入ると、貴美江は二階に上がってきていないので、もう階下で休んでいるようだ。

則夫はスイッチを入れ、モニターに映し出される各部屋の様子を見てみた。

しかし、やはり二階は全員ベッドで静かに眠っており、今日香や佐枝子は向こう向きになって寝ているので顔は見えなかった。

麻由などは、メイド服のまま寝てしまっていた。恐らく今日は山へ遊びに行って疲れ、夕食後は急に眠くなってしまい、着替えようと思いつつそのまま寝てしまったのだろう。

動くものは、バスルームの理沙の姿だけだった。

理沙はシャワーの湯を当てて股間を洗い流し、やがて湯に浸かった。

表情も満足げで、貧弱な則夫としたことを後悔している様子もない。

そしてメイド服で見えなかった全裸は、実に引き締まって腹筋も浮かび、水泳で鍛えた脚は実に逞しかった。

今度は、全裸の彼女を味わいたいと則夫は思ったものである。

あとは動くものもないので、やがてスイッチを切り、部屋を出ると元通り施錠して彼は自分の部屋に戻ったのだった。

スマホで天気予報を見てみたが、しばらくはこの地方は豪雨が続くようだ。

彼も横になり、すぐにも深い眠りに落ち込んでいった。

そして、どれぐらい眠ったか、則夫は気配に目を覚ました。

目を開くと、

「うわ……」

そこにメイド姿の麻由が立っていたのである。

「お、驚かさないでよ……」

「ごめんなさい。雨と雷の音で目を覚まして、お風呂も入ってないことを思い出したけど一人じゃ恐くて。理沙さんのお部屋を覗いたらぐっすり寝ているし」

麻由が言う。

時計を見ると、まだ夜明け前だが、則夫は三時間はぐっすり眠ったようで、今は完全に目が冴《さ》えて頭もすっきりしていた。何しろ目の前にメイド姿の美少女がいるし、眠って体力も回復しているのだ。

「じゃ一緒にお風呂入りにいく？」

「ええ、恥ずかしいけどお願いです……」

麻由が笑窪を浮かべて答えると、彼は朝立ちの勢いもあり激しく勃起した。

「じゃ、お風呂の前だけど、せっかくその格好なのだから少しだけ」

則夫は興奮と期待に胸を高鳴らせ、麻由の手を握ってベッドに引き寄せた。

そしてベッドに座らせると、彼は麻由の頰を両手で挟んで顔を寄せ、

「キスしてもいい？」

そっと囁くと、彼女も小さくこっくりした。

そのまま唇を重ねると、美少女の唇からは柔らかいグミ感覚の弾力と唾液の湿り気が伝わってきた。

そう、やっと最初にキスしてから愛撫に移るという、至極真っ当な順序を彼は初めて経験したのである。

麻由は長い睫毛《まつげ》を伏せ、微かに震える息で彼の鼻腔を湿らせた。

則夫も、そろそろと舌を挿し入れて滑らかな歯並びを左右にたどり、怖《お》ず怖《お》ず

と歯が開かれたので奥まで侵入していった。

こんな様子も、あるいは理沙とのセックスも、全て貴美江がモニターで見ていたのかもしれない。そんなことを思うと彼は、あの美熟女に覗かれていることに激しい興奮を覚えた。

屋敷を引き上げるとき、録画を全てCDに移してもらえないものだろうか。

もしもそれが手に入ったら、今後のオナニーライフは実に充実したものになることだろう。何しろ自分がしたことだから、全て自分の趣味で行動したものばかりなのである。

そんなことを思いながら、則夫は生温かな唾液に濡れた美少女の舌をヌラヌラと舐め回した。そしてメイド服の胸の膨らみにタッチすると、

「アア……」

麻由が熱く喘ぎ、息苦しくなったように口を離した。

湿り気ある美少女の吐息は、リンゴでも食べたばかりのように甘酸っぱい匂いで、しかも寝起きらしく濃厚に鼻腔が刺激された。

則夫は激しい興奮に包まれ、手早く自分だけ全裸になった。

勃起したペニスをヒクつかせながらベッドに仰向けになると、

「ここに座って」

自分の下腹を指して言った。すると麻由も、まだ眠っているかのように朦朧と従いながらベッドに上がり、メイド服のままそろそろと彼の下腹に跨がり、裾をめくって座り込んでくれたのだ。

「アア、変な感じ……」

麻由がピッタリと股間を密着させて喘いだ。

「ノーパンなの？」

「ええ……、理沙さんが、そのほうがスリルがあるし、仕草が女らしくなるからって」

割れ目の感触を下腹に感じながら訊くと、麻由がモジモジと答えた。

あのボーイッシュな理沙が、女らしい仕草とか言うのもおかしいが、どうやら麻由も彼女のようにノーブラのようである。

則夫は両膝を立て、麻由を寄りかからせた。

3

「じゃソックスを脱いで、両足を僕の顔に乗せてね」

「ええッ、そんなこと……」

則夫が言うと、麻由は驚いて答え、僅かに身じろぐと湿り気を帯びはじめた割れ目が下腹に擦られた。

「どうしても、そうしてほしいんだ」

彼は白いソックスを脱がせ、足首を摑《つか》んで素足になった両足を顔に引き寄せた。

「あん……」

麻由は声を上げ、バランスを取ろうと腰をくねらせるたび割れ目が強く密着した。

とうとう両足の裏を顔に乗せさせると、彼は美少女の全体重を受け、まるで人間椅子になったように陶然となった。

落ちないよう両足首を摑んだまま、生ぬるく湿った足裏に舌を這わせ、縮こまった指の間に鼻を押し付けて嗅ぐと、そこは何ともムレムレの匂いが濃厚に沁み付いて鼻腔を刺激してきた。

則夫はうっとりと酔いしれながら匂いを貪り、爪先にしゃぶり付いて順々に指の股に舌を割り込ませ、汗と脂の湿り気を味わった。

「あう、ダメです、そんなの……」

麻由が彼の上でクネクネと身悶えながら呻き、密着した割れ目が熱く濡れてくる様子が伝わってきた。

彼は両足とも、全ての指の股をしゃぶり尽くし、綺麗な桜貝のような爪を唾液で濡らした。そして顔の左右に足を置き、

「じゃ前に来て、顔に跨がってね」

言いながら引っ張ると、彼女も尻込みしながらそろそろと前進してきた。

脚がM字になると、健康的な張りを持つ内腿が、さらにムッチリと量感を増した。

鼻先に迫るぷっくりした割れ目は熱気と湿り気を含み、丘の若草は実に楚々《そそ》としてほんのひとつまみほど恥ずかしげに煙っていた。

割れ目は丸みを帯び、間からはピンク色した小振りの花びらがはみ出し、そっと指で左右に広げると、微かにクチュッと湿った音がして中身が丸見えになった。

処女の膣口は蜜に濡れて息づき、小粒のクリトリスも包皮の下から光沢ある顔を覗かせていた。

「なんて綺麗な……」

則夫は、初めて見る生娘《きむすめ》の割れ目に目を凝らして言った。

「あう……」

麻由は、真下から感じる熱い視線と息を感じて羞恥に呻いた。

そのまま腰を抱き寄せ、淡い茂みに鼻を擦りつけて嗅ぐと、蒸れた汗とオシッコの匂いに混じり、処女特有の恥垢《ちこう》成分か、ほのかなチーズ臭も悩ましく鼻腔を刺激してきた。

則夫は美少女の匂いを貪り、胸を満たしながら舌を這わせていった。柔肉を舐めると、やはり淡い酸味の蜜が舌の動きを滑らかにさせた。

無垢な膣口の襞をクチュクチュ掻き回し、味わいながらゆっくりクリトリスまで舐め上げていくと、

「ああッ……！」

麻由が喘ぎ、思わず座り込みそうになりながら、彼の顔の左右で懸命に両足を踏ん張った。

則夫はチロチロと舌先で上下左右にクリトリスを愛撫しては、他の女性たちに負けないほど大量に溢れてくる清らかな蜜をすすった。

味と匂いを堪能すると、彼は尻の真下に潜り込んでいった。

大きな水蜜桃のような双丘が顔中に密着し、谷間の蕾は実に清らかで、ひっそりと襞を震わせて閉じられていた。

鼻を埋めて嗅ぐと、やはり蒸れた匂いが沁み付き、彼は充分に鼻腔を満たしてから舌を這わせ、ヌルッと潜り込ませた。

「く……、ダメです……」

麻由がビクリと反応して呻き、肛門でキュッときつく舌先を締め付けてきた。

彼は舌を蠢かせ、滑らかな粘膜を探り、再び割れ目に戻って蜜を舐め取り、クリトリスに吸い付いていった。

「も、もうダメ……、どうか……」

麻由が、起きていられなくなったように突っ伏し、ヒクヒクと全身を震わせた。

這い出して起き上がった則夫は、彼女を仰向けにさせ、ブラウスのボタンを外して左右に開いた。

思った通りノーブラで、可愛らしい膨らみがはみ出してきた。さすがに乳首も乳輪も初々しい桜色をしている。

則夫は屈み込んで吸い付き、舌で転がしながら生ぬるい体臭を嗅いだ。

「アア……」

麻由もすっかり身を投げ出して熱く喘いだ。男の顔を跨いでいるより、横になって受け身になるほうが気が楽なのだろう。

彼は両の乳首を味わい、乱れたブラウスに潜り込み、腋の下に鼻を埋めて甘ったるい汗の匂いに噎せ返った。

やはり、どんなに可憐でもお人形ではなく、汗もかくしオシッコもするのだ。それらのナマの匂いが嗅げて、本当に則夫は幸せだと思った。

やがて我慢できなくなり、彼は股間を進めて幹に指を添え、割れ目に擦り付けてヌメリを与えながら位置を定めていった。

麻由も、すっかり覚悟を決め、神妙に目を閉じて初体験を待っていた。

彼も息を詰め、初めて味わう処女の膣口に、ゆっくりペニスを押し込んでいった。

張り詰めた亀頭がズブリと潜り込むと、きつい処女膜が丸く押し広がる感触が伝わり、あとはヌメリに任せヌルヌルッと根元まで挿入してしまった。

「あう……！」

麻由が眉《まゆ》をひそめて呻き、ビクリと全身を強ばらせた。

しかし破瓜《はか》の痛みはあるだろうが、理沙などから予備知識は得ているだろうし、もう高校を卒業して半年以上経っているのだ。むしろ、ようやく体験できたことに彼女は安堵と悦《よろこ》びを得ているようだった。

則夫も、きつい締め付けと温もり、肉襞の摩擦と潤いに包まれ、股間を密着させて感激と快感を味わった。

深々と貫いたまま身を重ねていくと、彼女も下から両手を回してきつくしがみついてきた。

「大丈夫？」

「ええ……」

気遣って訊くと、麻由が小さく答え健気《けなげ》にこっくりした。

則夫は遠慮なくのしかかり、様子を見ながら徐々に腰を突き動かし、上から唇を重ねて舌をからめた。

「ンンッ……！」

麻由が目を閉じて熱く呻き、彼の舌に吸い付いてきた。

彼も、いったん動くとあまりの快感に腰が止まらなくなり、次第にズンズンと股間をぶつけるように激しく律動してしまった。

それでも愛液の量が多いので動きは滑らかで、すぐにもピチャクチャと淫らな摩擦音が響いてきた。

「ああ……、奥が、熱いわ……」

麻由が口を離して喘ぎ、彼は甘酸っぱいリンゴ臭の吐息に酔いしれながら、急激に絶頂を迫らせていった。

何しろ相手は処女だから、初回からオルガスムスを得ることはないだろう。だから長く保たせる必要もなく、彼は我慢せず遠慮なく快感を受け止めた。

「い、いく……！」

たちまち則夫は口走り、激しく昇り詰めながら、熱いザーメンをドクンドクンと勢いよく注入してしまった。

「あう……、感じる……」

麻由が噴出を受けて口走った。まだ絶頂には程遠いだろうが、大きな嵐が過ぎ去ったことは察したのだろう。

則夫は心ゆくまで快感を噛み締め、最後の一滴まで出し尽くしていった。

何しろ理沙から、中出しＯＫの許可をもらったばかりなのである。

すっかり満足しながら徐々に動きを弱めていくと、

「アア……」

麻由も声を洩らし、破瓜の痛みも麻痺したように力を抜いてグッタリと身を投げ出していった。

まだ膣内は、異物を確認するような収縮が繰り返され、中で刺激を受けたペニスがヒクヒクと過敏に跳ね上がった。

則夫は彼女の喘ぐ口に鼻を押し込み、可愛らしく甘酸っぱい吐息を嗅いで鼻腔を満たしながら、うっとりと快感の余韻に浸り込んでいった。

やがて重なったまま呼吸を整えると、則夫はそろそろと身を起こし、ティッシュの箱を引き寄せながら股間を引き離した。

そして手早くペニスを拭きながら、処女を喪《うしな》ったばかりの割れ目を観察した。

小振りの陰唇が痛々しくめくれ、膣口からはザーメンが逆流し、ほんの僅かに出血が認められたが、もう止まっているようだ。

（とうとう処女まで攻略してしまったんだ……）

彼は感慨を込めて思い、放心状態の麻由を抱き起こし、全裸のまま部屋を出てバスルームに入っていったのだった。

4

「こんな大きいのが入ったのね……」

バスルームで身体を流してから、麻由はバスマットに仰向けになった則夫の股間に屈み込んで言った。もちろん彼自身は、ムクムクと回復して元の硬さと大きさを取り戻していた。

「おかしな形……」

「いいよ、好きなようにいじって」

言うと、麻由は恐る恐る幹に触れ、感触を確かめるようにニギニギしてから張り詰めた亀頭にも指を這わせてきた。

「ああ、気持ちいい……」

則夫は美少女の無邪気な刺激に喘ぎ、柔らかな手のひらの中でヒクヒクと幹を震わせた。彼女もいったん触れると好奇心が前面に出て、次第に大胆に触れるようになってきた。

「これ、お手玉みたいだわ」

陰嚢に触れながら言い、二つの睾丸をコリコリと確認すると、袋をつまみ上げて肛門のほうまで覗き込んできた。

「お口で可愛がって」

幹をヒクつかせてせがむと、麻由も厭わず屈み込んで幹を支え、粘液の滲む尿道口をチロチロと舐め回してくれた。さらに張り詰めた亀頭もしゃぶり、

「深く入れて」

彼が言うと、そのままスッポリと喉の奥まで呑み込んでいった。

熱く濡れた口腔が心地よく、麻由も熱い息を股間に籠もらせながらクチュクチュと舌をからませてくれた。

幹を締め付けて吸うと、上気した頬に笑窪が浮かび、たちまち彼はジワジワと高まっていった。

やはり初体験をしたばかりだから、立て続けの挿入は酷だろう。二度目は口でしてもらいたかった。

しかし、せっかくバスルームなのだから、その前にしてほしいことがある。

「ね、こっちへ来て跨いで」

手を引っ張りながら言うと、麻由もチュパッと軽やかな音を立てて口を離し、彼の顔のほうに移動してきた。

やがて跨がせると、麻由は片方の脚を立て、もう片方は膝を突きながら股間を彼の顔に迫らせてくれた。

則夫は腰を抱き寄せ、湯に湿った茂みに鼻を埋めて嗅いだが大部分の匂いは薄れてしまっていた。それでも舌を這わせると、もう膣口に違和感は残っていないようで、新たな蜜が湧き出してきた。

「アア……」

麻由が喘ぎ、白い下腹をヒクヒク震わせた。

「ね、オシッコ出して」

「ええッ、無理です、そんなこと……」

真下から言うと、麻由が驚いたようにビクッと身じろいで答えた。

「ほんの少しでいいから。天使の出したものを味わってみたい」

「天使なんかじゃないです。あん……」

下から舐められ、彼女がクネクネと悶えた。

逃げないよう腰を抱え込んで押さえ、執拗にクリトリスを舐め回しては溢れる

蜜をすすり、尿道口あたりに見当をつけて吸い付くと、

「あう、本当に出ちゃいそうです……」

彼女が息を詰めて言う。なおも吸ったり舐めたりしていると、急に柔肉が蠢いて味わいが変化した。

「で、出る……、アア……」

とうとう尿意が高まり、麻由が喘いだ途端に熱い流れがチョロッとほとばしってきた。慌てて懸命に止めようとしたようだが、次第に勢いが増して彼の口に温かく注がれてきた。

則夫は清らかな流れを受け止め、うっとりと喉に流し込んだ。味も匂いも淡くて心地よく、それでも口から溢れた分が頰からうなじまで濡らした。

「ああ……、信じられない、こんなこと……」

麻由は朦朧としながら喘ぎ、初体験の男の口に放尿を続けた。

則夫が思わず噎せ返りそうになると、辛うじて勢いが衰え、やがて流れがおさまってくれた。彼は残り香の中でポタポタ滴る余りの雫をすすり、濡れた割れ目内部を舐め回した。

「あん、もうダメです……」

　麻由がビクッと股間を引き離して言うので、則夫もそのまま彼女を添い寝させた。

「じゃ、いきそうになるまで指でしてね」

　彼は言い、腕枕してもらいながらペニスをいじらせ、下から唇を重ねて舌をからめた。まだ彼の顔がオシッコに濡れているが、麻由も嫌がらずにニギニギしながら舌を舐め合ってくれた。

「唾をいっぱい垂らして」

　囁くと、麻由も懸命に分泌させ、口移しにトロトロと吐き出してくれた。

　彼もうっとりと味わい、生温かく小泡の多く微かな粘り気のある、天使の清らかなシロップで喉を潤した。

　さらに則夫は彼女の開いた口に鼻を押し込み、濃厚に甘酸っぱいリンゴ臭の吐息を嗅いで胸をいっぱいに満たした。

「ああ、なんていい匂い……」

　嗅ぎながら喘ぎと、麻由は恥ずかしげに熱い息を震わせた。

　やがて美少女の息の匂いと指の愛撫ですっかり固まると、

「じゃお口でして」

彼は言い、仰向けの受け身体勢になった。麻由もすぐに移動して腹這い、屹立した先端を舐め、スッポリと含んで舌をからめてくれた。

則夫がズンズンと小刻みに股間を突き上げはじめると、

「ンンッ……」

喉を突かれた麻由が小さく呻き、新たな唾液をたっぷり溢れさせてきた。

そして彼女も顔を上下させ、濡れた口で強烈な摩擦を繰り返してくれたのだ。

リズミカルな愛撫と温かな唾液と吐息、そして、たまにぎこちなく触れる歯の感触も新鮮な刺激となった。

「い、いく……、お願い、飲んで……」

たちまち絶頂の快感に貫かれた則夫は口走り、ありったけの熱いザーメンをドクンドクンと勢いよくほとばしらせてしまった。美少女の口を汚すのは、さすがに禁断の思いが大きくて快感が増した。

「ク……！」

喉の奥を直撃された麻由が微かに眉をひそめて呻き、それでも噴出を受け止めながら吸引と摩擦を続けてくれた。

「ああ、気持ちいい……」

則夫は腰をよじって喘ぎ、溶けてしまいそうな快感の中で、心置きなく最後の一滴まで出し尽くしてしまった。

すっかり満足して徐々に突き上げを弱め、力を抜いてグッタリと身を投げ出していくと、彼女も動きを止めてくれた。

そして麻由は亀頭を含んだまま口に溜まったザーメンをコクンと飲み下してくれ、口腔をキュッと締め付けた。

「あう、嬉しい……」

則夫は幹を震わせながら呻き、ようやく麻由も口を離した。

そして誰に教わったわけでもないのに、幹をニギニギして余りを搾《しぼ》り、尿道口に脹らむ白濁の雫までチロチロと丁寧に舐め取ってくれたのだった。

「く……、も、もういいよ、どうも有難う……」

則夫が腰をくねらせ、幹を過敏にヒクヒク震わせて言うと、ようやく麻由も舌を引っ込めてくれた。

彼は麻由を抱き寄せてバスマットに添い寝させ、熱い果実臭の吐息を嗅ぎながら、うっとりと余韻を味わったのだった。

彼は呼吸を整え、やがて身を起こすともう一度二人で湯を浴びた。

「飲むの、嫌じゃなかった？」

「ええ、少し生臭かったけど平気です」

訊くと麻由が健気に答えた。

やがて身体を拭いて脱衣所を出ると、また二人で全裸のまま静かに階段を上がり、二階の部屋に戻った。

まだ夜明けには間があり、雷雨も一向におさまる様子がなかった。

「じゃ僕はもう一度寝るからね」

「ええ、私もお部屋で寝ます」

言うと、彼女も後悔の様子はなく、すっかり初体験を堪能したように、メイド服を抱えて部屋を出て行った。

則夫も満足してベッドに横になった。

とうとう五人全員と懇ろになったのだ。これからは誰とでもいつでもできるだろうと思い、今後に期待しながら眠りに就いたのだった……。

5

「やっぱり予報では、明日いっぱいぐらい雨は止まないようだわ」

朝、則夫が食堂に入っていくと貴美江が言った。朝食の仕度は調《ととの》っているが、降りてきたのは彼が最初らしい。

もう朝八時を回っているが、相変わらず空は暗く、厚い雲に覆われている。

「ええ、お邪魔でなければ雨が上がるまでお世話になります」

「もちろん構わないわ。食材もまだ保つだろうし、私も普段は暇なのだから」

彼女が言うと、やがて二階から全員が降りてきた。

もちろん理沙も麻由も、もうメイド服ではなくTシャツと短パン姿である。

「激しい雨と雷の音で、なかなか眠れなかったわ。目を閉じていても雷光が閃くものだから……」

理沙が言い、他の女性たちも同じだったように頷いた。

「食事を終えたら、また横になっているといいわ。どうせ、どこへも出掛けられないのだから」

貴美江が言い、確かに窓の外に目を遣ると豪雨に視界が煙り、道も濁流のようになっていた。

そしてみなで朝食を囲んだ。今朝は和風で、卵と海苔に干物、飯と味噌汁である。

旅館の朝のようで、女性たちも食欲だけは旺盛だった。

「宮川君、今日はどうするの？」

今日香が訊いてきた。

「ええ、今日こそ少しでもレポートを進めておきたいです」

「そう、私は持ってきたミステリーでも読むわ」

彼が言うと、今日香が答えた。

「私は寝るわね」

理沙が言い、やがて食事を終えると彼女は麻由と一緒に二階へ引き上げていった。

貴美江は、手分けして片付けを終えると、みなの下着などを洗濯しはじめた。乾燥機があるので、干すこともないだろう。

「じゃ私も横になるわ」

佐枝子も言って二階へ行ったので、則夫と今日香も階段を上がった。今日は誰もが思い思いに各部屋で過ごすことになるようだった。

机に向かい、少しだけ夏のレポートを進めたが、やはりモヤモヤして集中できなかった。奥の部屋に行って各部屋を覗いてみたいが、何人かは起きているだろうから廊下を進むのも気が引ける。

退屈なので、階下に一人でいる貴美江とコーヒーでも飲もうか、それとも秘密の行為に耽《ふけ》ろうか考えて立ち上がると、そこへドアがノックされた。

開けると、今日香である。やはり読書していたものの、飽きて集中できなくなったらしい。

「みんな眠ってしまったようだわ」

メガネ美女を招き入れると、彼女が言い、則夫は急激に欲情してきた。

何しろぐっすり眠ったし食事も終え、元気も淫気も満々である。

「ね、いい？」

則夫は甘えるように言い、今日香をベッドに誘うと、素直に添い寝してくれ、彼は腕枕してもらった。

「何だか、この屋敷は世間から取り残されているようだわ。まるで孤島にでも隔離されたみたいに」

今日香が囁き、優しく彼の頭を撫でてくれた。

則夫もTシャツの胸に顔を埋め、彼女の甘い花粉臭の刺激を含んだ吐息を嗅ぎながらピンピンに勃起していった。

「だから、何だかみんなが一人の男であるあなたを求めているみたいな気がするわ」

「今日香さんも？」

「ええ、欲しくて堪らない気持ちになるのよ」

彼女が答え、そっと則夫の額に唇を押し付けてきた。生ぬるく濡れて柔らかな唇が触れると、思わず彼はビクリと肩をすくめた。

やはり今日香も屋敷の気に当てられ、モヤモヤしているようだった。

則夫が彼女のシャツをたくし上げると、下はノーブラで、柔らかな膨らみが弾むように露わになってきた。

彼はチュッと乳首に吸い付き、もう片方を指で探りながら舌で転がした。

「アア……」

今日香は熱く喘ぎ、生ぬるく甘ったるい体臭を揺らめかせた。

則夫はいったん身を起こし、手早く全裸になると彼女の短パンと下着も脱がせてゆき、今日はいきなり股間に顔を埋め込んでしまった。

柔らかな茂みに鼻を擦りつけ、汗と残尿臭を貪りながら舌を這わせた。

柔肉をひと舐めするごとに淡い酸味を含んだ愛液の量が増し、舌の動きがヌラヌラと滑らかになった。

息づく膣口からクリトリスまで舐め上げていくと、

「あう……、いい気持ち……」

今日香が腰をくねらせて呻き、内腿でムッチリと彼の顔を挟み付けた。

則夫はチロチロと舌を這わせては、泉のように湧き出すヌメリをすすり、さらに両脚を浮かせて尻の谷間に鼻を埋め込んでいった。

双丘に顔中を密着させ、可憐なピンクの蕾に鼻を押し付けて嗅ぐと、やはり蒸れた微香が沁み付いて胸を満たしてきた。

舌を這わせて濡らし、ヌルッと潜り込ませて滑らかな粘膜を探ると、

「あう……、そこはいいので、どうか早く入れて……」

今日香が、気が急くようにせがんできた。

やはり急激に高まった上、同じ二階には他に三人もの女性がいるので、眠って

いるとはいえ昼間だしスリルがあり、少しでも早く終えたいのだろう。

彼も激しく高まり、身を起こして股間を進めていった。そして、まだおしゃぶりもしてもらっていないが、先端を濡れた割れ目に押し付けた。

幹に指を添え、ヌルヌルッと一気に根元まで貫くと、

「アアッ……！」

今日香が身を弓なりに反らせて喘ぎ、キュッときつく締め付けてきた。

則夫も肉襞の摩擦を味わいながら股間を密着させ、脚を伸ばして身を重ねていくと彼女も激しく下から両手でしがみついてきた。

足指も嗅がずに挿入したのは初めてで、それだけ彼も早く一つになりたかったのである。

「つ、突いて……」

今日香が花粉臭の吐息を弾ませて囁き、待ちきれないようにズンズンと股間を突き上げはじめた。

則夫も合わせて腰を突き動かし、熱い愛液にまみれたペニスがジワジワと高まっていった。溢れる愛液に律動が滑らかになり、すぐにもクチュクチュと淫らに湿った摩擦音が聞こえてきた。

「ああ……、すぐいきそうよ……」

互いの動きが一致すると、彼女が収縮と潤いを増して喘いだ。彼も動きながら、上から唇を重ね、ネットリと舌をからめて高まった。

「ンン……！」

今日香が熱く呻き、互いの息にメガネのレンズが曇った。

則夫はネットで読んだテクニックで、突くよりも引くときを意識するほうがカリ首の傘が内壁を擦るというのを試した。もともと傘は原始時代、先に放たれた男のザーメンを掻き出すためにあると言われる。

「アア……、いいわ。すごく気持ちいい……」

今日香が口を離して喘ぎ、さらに濃厚な花粉臭の息を弾ませた。

吐息ばかりでなく、唇に鼻を擦りつけると乾いた唾液の匂いも悩ましく鼻腔を刺激してきた。

なおも激しく股間をぶつけて動くうち、たちまち彼は心地よい摩擦と締め付けの中で昇り詰めてしまった。

「い、いく……！」

則夫が大きな快感に突き上げられながら呻き、熱いザーメンをドクンドクンと勢いよく柔肉の奥に注入した。

「あう、感じる、すごいわ、アアーッ……！」

今日香も声を上ずらせ、ガクガクと狂おしい痙攣を開始した。

激しいオルガスムスの波が押し寄せるたび、彼女はブリッジするように反り返り、彼を乗せたまま激しく腰を跳ね上げた。

則夫は抜けないよう必死に動きを合わせながら、心地よい蠢動《しゅんどう》の中で最後の一滴まで出し尽くしていった。

満足しながら徐々に動きを弱めてゆき、力を抜いてグッタリともたれかかると、

「ああ……、良かった……」

彼女も硬直を解いて声を洩らし、四肢を投げ出していった。

膣内の収縮は続き、中でヒクヒクと幹が過敏に跳ね上がるたび、キュッときつく締め付けられた。

そして則夫は体重を預け、今日香の甘い花粉臭の吐息に鼻腔を刺激されながら、うっとりと余韻に浸り込んでいったのだった。

重なったまま呼吸を整えると、彼はそろそろと身を起こし、ティッシュを手にしながら股間を引き離した。すると、今日香がすぐにティッシュを受け取り、仰

向けのまま割れ目を拭いた。

彼もペニスを拭いてから添い寝すると、急に睡魔に襲われてきた。

「私も、お部屋で少し眠るわね……」

今日香も同じ気持ちだったらしく、身を起こしてベッドを降りると、手早く身繕いをして部屋を出て行った。

則夫は横になったまま、今日香が向かいの部屋に入って行く物音を聞きながら目を閉じた。まだ雷雨は止まず、どちらにしろ今日は屋敷から出ることは敵わないようだった。

やがて則夫は微睡《まどろ》み、昼食の時間まで目を覚まさなかった。

第四章　艶めく熟れ肌の温もり

1

「どうせレポートなんかやりそうにないわね。来て」

パンとハムサラダにスープの昼食を終え、みんなが二階へ上がってしまうと、貴美江が一人残った則夫に言った。

彼は、また一眠りしたので淫気満々である。

「ええ」

則夫は答え、貴美江の部屋に入った。

「いいわ、上がってみんなのお部屋を覗きなさい」

言われて、彼も奥の戸の中にある隠し階段を上がり、二階の奥の部屋に入ると、あとから貴美江も上がってきた。

スイッチを入れると、モニターに各部屋の様子が映し出された。

麻由と理沙は、またそれぞれの部屋のベッドに横になり、スマホをいじったりウトウトしたりしていた。雷雨による気圧の関係か、脱力感と眠気に襲われているようである。

今日香は読書を再開し、佐枝子の姿が見えないので探すと、彼女は二階のトイレに入っていた。

カメラの位置は左斜め後方にあるらしく、佐枝子は見られているとも知らずに短パンと下着を膝まで下ろして便器に座り込むと、白く豊かな尻が便座に押し付けられて弾んだ。

表情まではあまり見えないが、間もなくせせらぎが聞こえてきて、便器にたまった水に派手な音を立てた。どうせ二階にいるのは女ばかりだし、トイレの位置は他の部屋より少し離れているので音を消そうともしていなかった。

佐枝子は全て出し切らないうちにトイレットペーパーをたぐって用意し、やがて音が止むと腰を浮かせて割れ目を拭った。

大の音も聴いてみたかったが、残念ながら小用だけで、彼女は立ち上がって水を流し、下着と短パンを整えて手を洗った。

やがて佐枝子はトイレを出ると部屋に戻り、ゴロリと横になって雑誌を開いた。

「ふうん、こんなふうにするんだ……」

「そうよ、興奮した？」

彼がモニターを見つめて嘆息《たんそく》すると、貴美江が背後から体を密着して白粉臭の甘い息で囁いた。

あとは各部屋の彼女たちも大した動きはないので、則夫は背後から密着する貴美江の感触と匂いに専念し、ムクムクと勃起していった。

「ね、脱いで」

「下へ行きましょう。そのほうがお風呂に近いから」

言うと、貴美江が答えて身を離した。

確かに隣室は佐枝子の部屋だから、あまり声を上げると、いかに雨音があっても聞こえてしまうかもしれない。

二人はまた階段を下り、階下にある貴美江の部屋に戻った。

すぐ互いに全裸になり、貴美江がベッドに仰向けになり熟れ肌を投げ出した。

何といっても、則夫にとって彼女は最初の女性だから思い入れが強い。しかも他の女性たちと違い、唯一初対面で、その日に初体験できたのだからきっと深い縁があったのだろう。

則夫はまず貴美江の足裏に顔を押し付け、舌を這わせながら形良く揃った指の間に鼻を押し付けて嗅いだ。どこから触れようと彼女は驚いたりせず、じっとされるがままになってくれた。

今日も指の股は生ぬるい汗と脂に湿り、蒸れた匂いを濃く沁み付かせていた。

彼は鼻を割り込ませ、この豊満な美熟女の足の匂いに噎せ返り、爪先にしゃぶり付いて舌を挿し入れていった。

「ああ、いい気持ち……」

貴美江がうっとりと喘ぎ、彼の口の中で唾液に濡れた指を蠢かせた。

則夫は両足とも全ての指の股を味わい、やがて大股開きにさせて脚の内側を舐め上げていった。

白く滑らかで、ムッチリと量感ある内腿をたどって股間に迫ると、はみ出した陰唇はネットリと大量の蜜に潤っていた。

恥毛の丘に鼻を埋め込み、隅々に籠もって蒸れた汗とオシッコの匂いを貪り、胸を満たしながら舌を這わせていった。淡い酸味のヌメリを掻き回し、膣口からクリトリスまで舐め上げると、

「アアッ……！」

貴美江が顔を仰け反らせて熱く喘ぎ、内腿できつく彼の顔を挟み付けた。

則夫は味と匂いを堪能し、さらに彼女の両脚を浮かせ、豊かな逆ハート型の尻に顔を密着させ、谷間に鼻を埋め込んでいった。

薄桃色の蕾に籠もる蒸れた匂いを充分に嗅いでから、舌を這わせてヌルッと潜り込ませると、

「あう……、いいわ……」

貴美江が呻き、モグモグと肛門で舌先を締め付けてきた。

則夫は舌を蠢かせ、微妙に甘苦い粘膜を探ってから、脚を下ろした。

「お尻に指を入れてみて……」

貴美江が息を詰めて言うので、彼は左手の人差し指を舐めて濡らし、そっと肛門に潜り込ませていった。そして滑らかな内壁を探りながら、膣口にも右手の指を挿し入れると、

「そこは指二本にして……」

貴美江が要求してきた。彼はいったん引き抜いて二本の指を膣口に押し込み、それぞれの穴で内壁を摩擦した。間のお肉は案外薄く、互いの指の動きがはっきり伝わってきた。

「ああ、いい気持ち……、舐めて……」

貴美江が喘ぎながらせがみ、彼も再びクリトリスを舐め、匂いに酔いしれながら前後の穴で指を蠢かせた。

最も感じる三箇所を同時に刺激され、愛液の量が格段に増し、前後の穴は指が痺《しび》れるほどきつく締め付けてきた。

肛門に入っている指は小刻みに出し入れさせるように動かし、膣内の二本の指は内壁を擦り、天井のＧスポットも圧迫しながら、執拗にクリトリスを舐め回した。

腹這いで両腕を縮めているので痺れてきたが、彼女が激しく喘ぐので動きは止められなかった。

やがて彼女が、

「入れて……」

充分に高まったように言うので、彼も舌を引っ込め、それぞれ前後の穴からヌルッと指を引き抜いた。

膣内にあった指は攪拌《かくはん》されて白っぽく濁った粘液にまみれ、指は湯上がりのようにふやけてシワになっていた。肛門に入っていた指に汚れはないが、生々しい匂いが感じられた。

則夫は身を起こして股間を進め、愛液が大洪水になっている割れ目に先端を擦り付け、感触を味わいながらゆっくり膣口に挿入していった。

ヌルヌルッと根元まで滑らかに貫くと、

「アアッ……、いいわ、奥まで届く……」

貴美江がキュッと締め付けて喘いだ。

彼は股間を密着させ、温もりと感触を味わいながら身を重ね、屈み込んで左右の乳首を交互に含んで舌で転がした。

顔を押し付けると巨乳が心地よく弾み、ほんのり汗ばんだ胸元や腋から甘ったるい匂いが漂ってきた。

まだ動かず、充分に両の乳首を味わってから、彼は色っぽい腋毛の煙る腋の下に鼻を埋め込み、濃厚に甘ったるい汗の匂いに噎せ返った。

そして収縮に高まり、徐々に腰を突き動かしはじめながら、貴美江の白い首筋を舐め上げ、上からピッタリと唇を重ねていくと、

「ンン……」

彼女も熱く鼻を鳴らし、舌を挿し入れてネットリとからみつけてくれた。

則夫は滑らかに蠢く舌を味わい、生温かな唾液をすすって息で鼻腔を湿らせた。

「アア……、いい気持ちよ……」

貴美江が口を離し、唾液の糸を引きながら白粉臭の吐息で喘いだ。

そして彼が勢いを付けて腰を動かしはじめると、

「待って……、お尻に入れて……」

言うので則夫も動きを止めた。確かに、性の熟練者である彼女は、全身どんな部分でも感じるのかもしれない。

興味を覚えた則夫は身を起こし、愛液にまみれたペニスを引き抜いた。

すると彼女が両脚を浮かせて抱え、豊満な尻を突き出してきた。見ると割れ目から伝い流れる愛液で、肛門もヌメヌメと潤っていた。

先端を押し当て、呼吸を計りながらゆっくり押し込んでいくと、最も太い亀頭のカリ首までがズブリと潜り込み、蕾が丸く押し広がって光沢を放った。

「あう……、いいわ、ゆっくり奥まできて……」

貴美江が括約筋を緩《ゆる》め、口呼吸して力を抜きながら言った。

則夫もズブズブと根元まで押し込んでいくと、尻の丸みが股間に当たって心地よく弾んだ。

さすがに入り口はきついが、中は案外楽で、ベタつきもなく滑らかだった。

もちろん貴美江はすでに体験しているだろうから、アヌス処女を頂いたわけではない。ただあまりに楽に入れることができたので、いずれ彼は他の女性たちのアヌス処女をもらいたいと思ったのだった。

深々と貫きながら、彼は膣内とは異なる温もりと感触を味わい、様子を見ながら徐々に腰を突き動かしはじめていった。

2

「もっと乱暴に突いていいわ、強く奥まで何度も……」

貴美江がモグモグと肛門を締め付けながら言い、則夫も次第にリズミカルに動いていった。

彼女も括約筋の緩急を付けて心地よい収縮を繰り返し、さらに自分で巨乳を揉みし抱いて乳首をつまみ、もう片方の手は股間に這わせ、愛液に濡れた指の腹でクチュクチュと淫らな音を立てながらクリトリスを擦った。

艶めかしいオナニーの様子を見下ろし、彼も快感が高まってきた。

「い、いきそう……」

「いいわ、いっぱい出して……」

彼が許可を求めるように言うと貴美江も答え、膣内の高まりに連動するようにきつく肛門を締め付けてきた。

その激しい摩擦快感に、とうとう則夫は絶頂に達してしまった。

「あう、いく……！」

快感に口走りながら、熱いザーメンをドクンドクンと勢いよく注入すると、

「き、気持ちいい……、アアーッ……！」

貴美江も声を上げ、ガクガクと狂おしいオルガスムスの痙攣を開始した。

あるいはアヌス感覚ではなく、自らいじるクリトリスへの刺激で果てたのかもしれない。

則夫は収縮と締め付けの中で大きく新鮮な快感を噛み締め、心置きなく最後の一滴まで出し尽くしていった。中に満ちるザーメンで、さらに律動がヌラヌラと滑らかになった。

彼は徐々に動きを弱めてゆき、貴美江も乳首と股間から指を離してグッタリと身を投げ出した。すると彼自身は締め付けとヌメリに押し出されてゆき、ツルッ

と抜け落ちてしまった。

まるで彼は、美女に排泄されたような興奮を覚えた。

丸く開いた肛門は一瞬粘膜を覗かせたが、見る見る締まってゆき元の蕾に戻っていった。

「さあ、すぐに洗わないと」

貴美江は息を弾ませ、余韻に浸る余裕もなく身を起こして言った。

二人はベッドから降りると、全裸のまま部屋を出てバスルームに移動した。

相変わらず二階はひっそりし、誰も降りてくる様子はない。

貴美江はシャワーの湯で彼の股間を流し、ボディソープで甲斐甲斐《かいがい》しく洗ってくれた。そして湯をかけてシャボンを落とすと、

「オシッコ出しなさい」

言われて、則夫も回復しそうになるのを堪えて懸命に尿意を高め、内側から洗い流すようにチョロチョロと放尿した。

出し切ると彼女がもう一度湯を浴びせ、屈み込んで消毒するように尿道口を舐め回してくれた。

「ああ……、僕も飲みたい……」

則夫は喘ぎ、もう堪らずムクムクと回復していった。

そのままバスマットに仰向けになると、貴美江もスッポリと呑み込んで吸い付き、シックスナインの体勢で彼の顔に跨がると、舌をからめてスポスポと強烈な摩擦を繰り返してくれた。

則夫は下から豊満な腰を抱えて割れ目に口を付け、舌を挿し入れて濡れた柔肉を掻き回した。

「く……」

すると貴美江が、強烈なおしゃぶりをしながら呻き、チョロチョロと放尿してくれたのだ。

熱い流れを口に受け、味と匂いを堪能しながら噎せないよう喉を潤すと、甘美な悦びが胸いっぱいに広がっていった。

しかし、あまり溜まっていなかったか、一瞬勢いを増したものの、すぐに流れはおさまってしまった。彼は残り香の中でポタポタ滴る雫をすすり、濡れた内部を執拗に舐め回した。

その間もリズミカルなおしゃぶりが続き、

「あうう、すぐいきそう……」

股間に熱い息を受けながら、彼は唾液にまみれた幹をヒクつかせて呻いた。

やはりアナルセックスの初体験をした興奮がまだくすぶり、急激に絶頂が迫ってきたのだ。

すると貴美江もスポンと口を離して向き直り、彼の股間に跨がってきた。

今度は女上位で、膣口にヌルヌルッと受け入れると、

「アア……、やっぱりここが一番いいわ……」

彼女が股間を密着させて喘ぎ、身を重ねてきた。

則夫も下から両手でしがみつき、両膝を立てて豊満な尻を支えながら、温もりと感触を噛み締めた。

そして貴美江が上からピッタリと唇を重ね、舌をからめながら腰を動かしはじめると、彼もズンズンと股間を突き上げた。

「ンンッ……!」

彼女が呻き、収縮と潤いを増して動きを速めていった。

やはりアナルセックスと指の刺激で果てたばかりだが、彼女もまた正規の場所で絶頂を得たいようだった。

則夫は肉襞の摩擦と収縮で揉みくちゃにされながら、さらに彼女の口に鼻を潜

り込ませた。

湿り気ある濃厚な白粉臭の吐息に刺激されながら突き上げを強めると、貴美江もヌラヌラと舌を這い回らせ、鼻から顔中まで生温かな唾液でヌルヌルにまみれさせてくれた。

「い、いく……、あぁっ……！」

とうとう昇り詰め、彼が喘ぎながらドクンドクンと勢いよくザーメンをほとばしらせると、

「いいわ……、アアーッ……！」

貴美江も激しいオルガスムスに達し、喘ぎながらガクガクと痙攣した。

吸い込まれそうな勢いで収縮が繰り返され、則夫は心ゆくまで快感を味わい、最後の一滴まで出し尽くしていった。

徐々に突き上げを弱めていくと、

「ああ……、すごく良かった……」

貴美江も熟れ肌の強ばりを解きながら喘ぎ、グッタリと遠慮なく彼に体重を預けてきた。

互いに完全に動きを止めても、膣内は名残惜しげな収縮がキュッキュッと繰り

返され、貪欲にヌメリが吸い取られるようだった。

則夫は内部でヒクヒクと過敏に幹を震わせ、貴美江の吐き出す濃厚な息を間近に嗅ぎながら、うっとりと快感の余韻を味わった。

「ね、則夫さん、私の養子になる気はない？」

「え……？」

まだ荒い息遣いで貴美江が囁いたので、彼は驚いて聞き返した。

「もちろん返事はすぐにじゃなくて良いから、頭の隅に留めておいて。ゆっくり考えて欲しいの」

「どうして、会ったばかりの僕にそんな話を……」

則夫は、何やら期待通りの展開になりそうで、胸を弾ませながら訊いた。

「気に入ったの。相性も良いし、本当に六郎先生の後が継げそうだわ。田舎暮らしは嫌かもしれないけど、町までは車でわけないし、もし継いでくれるなら屋敷の取り壊しは中止して、補強工事をするわ。元々しっかり建っているので、まだまだ使える建物だから」

貴美江は言い、則夫もリアルにこの美熟女が義母になる悦びに思いを馳《は》せた。

「どうせ気楽で自由な次男ですから、じっくり考えてみますね」

「ええ、そうして。単独でなく、好きな人がいるなら夫婦養子でもいいわ」

貴美江の言葉に、則夫はすぐにも憧れの今日香を思い浮かべた。

確かに、いきなり若い男が妖しく美しい熟女の養子に入ると世間は淫らな勘ぐりをするかもしれないが、夫婦養子ならみんなが納得するかもしれない。

「分かりました」

「じゃ良い返事を待っているわね」

貴美江は答え、そろそろと股間を離して身を起こしていった。則夫も起き上がり、互いにシャワーを浴びて身体を拭いたのだった。

3

「何とか、明日には雨が上がりそうだわ」

夕食前にリビングに集まると、テレビの天気予報を見ていた理沙が言った。

そういえば雷鳴も止み、だいぶ雨足も弱くなってきた。

「じゃ明日のお昼過ぎにでも、車で道の様子を見にいってみるわ」

貴美江が言い、みんなで夕食の皿を食堂に運びはじめたので、則夫も手伝いながらリビングを出て移動した。

「もし道が問題なく通れるなら、そのままお買い物をして、明日の夜は豪華な大宴会にしましょう」

「ええ、じゃ明後日の朝に出発という感じにさせて下さい」

佐枝子が貴美江に言い、みなも今後の予定が立ってほっとした表情を浮かべていた。

やがて夕食を囲み、則夫もここへの滞在は明日一日かと思った。

そして夕食を終え、洗い物などを済ませると、女性たちはまた風呂や二階へと分かれていった。

ふと、周囲に人がいなくなると佐枝子が近づいて則夫に囁いた。

「今夜、私のお部屋に来てくれる？」

「ええ、分かりました」

則夫も、急激に股間を熱くさせて答えた。

どうやら夜も充実した快感が得られそうである。

この屋敷へ来たときは、夜のオナニーを楽しみにしたものだったが、結局一回も自分では抜いていないのだ。

「あの、一つだけお願いが」

「なに？」

彼が思いきって言うと、去りかけた佐枝子が小首を傾げた。

「お風呂に入らず、今のまんまで待ってて下さい」

則夫は言いながら、期待に痛いほど勃起してしまった。

「匂うのが好きなの？」

「濃いほうが燃えるんです。どうか今のままでお願いします」

「分かったわ。ちょっと恥ずかしいけど、そのほうが悦んでくれるのなら」

「ええ、僕は綺麗にしてきますので」

彼が言うと、佐枝子は頷いて二階に引き上げていった。

やがて順々に風呂が空くと、則夫もバスルームに行き、濃厚に立ち籠めた女臭に包まれながら、歯磨きをして湯に浸かった。

風呂から上がり、身体を拭き身繕いをして脱衣所を出ると、もう階下は暗く、みな各部屋に入って思い思いに過ごしているようだった。

則夫は二階に行き、自分の部屋に寄らず、左右のドアを気遣いながら足音を忍ばせて奥の部屋へ行った。

佐枝子の部屋は、今日香と覗き用モニターのある部屋の間である。

そっとノックすると、すぐにドアが開けられて佐枝子が招き入れてくれた。

「何だかすごく高まってるの。これから、東京へ戻ってからもたまに会ってくれるかしら？」

「ええ、もちろんです」

彼は答え、股間を疼かせた。

しかし、ここは隔離された中に男が一人だから良いが、都会へ戻ったら多くの男がいるのに、また自分なんかとしてくれるのだろうかと少し心配になってしまった。

会話を終えると二人は淫気を通じ合わせて全裸になり、佐枝子の匂いの沁み付いたベッドに横になった。

室内は元より、彼女の肌からも生ぬるく甘い匂いが漂い、則夫は身を投げ出して彼女の胸に顔を押し付けていった。乳首に吸い付いて舐め回し、顔中で膨らみを味わって濃い体臭に噎せ返った。

「ああ……、いい気持ち……」

佐枝子もすぐに熱く喘ぎ、クネクネと身悶えはじめた。

両の乳首を交互に含んで充分に舌で転がすと、彼は佐枝子の腕を差し上げ、生ぬるく湿った腋の下に鼻を埋め込んで嗅いだ。やはりそこは一日分の汗の匂いが、甘ったるく濃厚に沁み付いていた。

「あう、汗臭いでしょう……」

「ううん、すごくいい匂い」

佐枝子が羞恥に身をくねらせて言うと、彼はことさら犬のようにクンクンと嗅ぎまくり、美女の体臭で胸をいっぱいに満たした。

そして滑らかな肌を舐め下り、臍を探って腰のラインから脚を舐め下り、足裏にも舌を這わせて指の間に鼻を割り込ませて嗅いだ。

「い、いや……、恥ずかしいから……」

佐枝子が腰をくねらせて言い、則夫はムレムレの匂いを貪り、爪先にしゃぶり付いて汗と脂の湿り気を味わった。

「く……、汚いのに……」

彼女は言いながらも、次第に興奮で我を忘れ、羞恥より快感を味わいはじめたようだった。

彼は両足とも、メンバーで唯一の人妻である佐枝子の爪先を全てしゃぶり尽くし、股を開かせて脚の間を舐め上げていった。

白くムッチリと張りのある内腿をたどって股間に迫ると、割れ目からはすでに大量の愛液が溢れていた。

「ああ……」

まだ触れていないのに、佐枝子が期待に熱く喘いで下腹をヒクヒク波打たせた。

指で陰唇を広げると、息づく膣口からは白っぽく濁った本気汁が溢れていた。

堪らずに顔を埋め込み、柔らかな茂みに鼻を擦りつけて嗅ぐと、蒸れた汗とオシッコの匂いが濃厚に鼻腔を刺激してきた。

「いい匂い」

「あう、嘘……」

胸いっぱいに吸い込みながら言うと、佐枝子が羞恥に声を震わせ、逆に離すまいとするかのようにキュッと内腿できつく彼の両頬を挟み付けてきた。

充分に胸を満たしてから舌を這わせ、淡い酸味のヌメリを探りながら膣口からクリトリスまで舐め上げていくと、

「アア……、いい気持ち……」

佐枝子が顔を仰け反らせて喘ぎ、内腿に力を込めてきた。

則夫はチロチロと執拗にクリトリスを舐め回しては、新たに溢れる生ぬるい愛液をすすった。

さらに彼女の両脚を浮かせ、尻の谷間に顔を迫らせた。

「ね、自分でお尻に手を当てて広げて」

「ああ……、恥ずかしいわ、こう……？」

股間から言うと、佐枝子も自ら尻に両手を回し、ムッチリと谷間を広げてくれた。

「舐めてって言って」

「あう……、な、舐めて……」

佐枝子が声を震わせて言うと、激しい羞恥に割れ目からトロトロと愛液が漏れてきた。則夫は舐める前に、薄桃色の蕾に鼻を埋め込んで、蒸れた淡いビネガー臭を嗅いで胸を満たした。

そして舌を這わせて襞を濡らし、ヌルッと潜り込ませて滑らかな粘膜を探った。

「く……、変な感じ……」

佐枝子は呻き、キュッときつく肛門で舌先を締め付けた。

彼も出し入れさせるように舌を動かし、ようやく腰を下ろして顔を離した。

「ね、ここに指を入れていい？」

則夫は人差し指を肛門に当て、貴美江と同じ愛撫を求めた。

「す、少しだけなら……」

彼女が答え、則夫も唾液に濡れた肛門に浅く指を潜り込ませた。

さらに膣口には二本の指を押し込み、再びクリトリスに吸い付いた。

「アア……、すごいわ、すぐいきそう……」

三点責めに佐枝子が激しく喘ぎ、前後の穴で彼の指をきつく締め付けた。

ズブズブと左手の人差し指を深く潜り込ませていくと、

「い、痛いわ、そこはもうダメ……」

彼女が言うので諦め、則夫はヌルッと肛門から指を引き離した。嗅ぐと生々しい微香が感じられ、さらに彼の興奮が増した。

そして膣内の指と舌によるクリトリスへの刺激を続けると、佐枝子が手を伸ばして彼の髪や頬に触れてきた。

まるで本当に、若い男が股間に顔を埋めているのを確かめるようで、さらにグイグイと押し付けては股間を突き上げはじめた。

「アア……、もっと舐めて……！」

佐枝子が口走り、則夫も必死になって舌を這わせては愛液をすすり、膣内のGスポットを強く圧迫した。

「あう……！」

彼女が硬直して呻き、潮を噴くようにピュッと愛液を噴出させた。

「も、もうダメよ……、交代……」

佐枝子が息も絶え絶えになって嫌々をし、彼の顔を股間から押し出しにかかった。

やはり、指と舌で果てるのは勿体ないのだろう。

則夫が顔を上げて添い寝していくと、入れ替わりに彼女が起き上がって移動した。

佐枝子が股間に腹這いになると、彼は自ら両脚を浮かせ、彼女がしたように両手を当てて谷間を広げた。

「ここ舐めて、僕は綺麗に洗ったので」

「わ、私は汚れていた……？」

「大丈夫、いい匂いだったから」

「ああッ……」

佐枝子が羞恥に声を震わせ、それでもチロチロと彼の肛門を舐め回し、同じようにヌルッと潜り込ませてくれた。

「あう、すごい……」

則夫は美女の舌先をモグモグと肛門で締め付け、熱い鼻息に陰嚢を刺激されながら勃起した幹を上下させた。佐枝子も大胆に中で舌を蠢かせ、やがて則夫が脚を下ろすと、彼女も自然に陰嚢にしゃぶり付いてきた。

息を股間に籠もらせ、二つの睾丸を舌で転がすと、

「しゃぶって……」

則夫も待ちきれなくなって言い、せがむように幹をヒクつかせた。

佐枝子も前進し、粘液の滲む尿道口を舐め、張り詰めた亀頭にしゃぶり付くと、そのままスッポリと喉の奥まで呑み込んでいった。

4

「ああ……、気持ちいい……」

則夫は、佐枝子の口の中で唾液にまみれた幹を震わせて喘いだ。

彼女も深々と含んでクチュクチュと舌をからめ、熱い鼻息で恥毛をそよがせながら幹を締め付けて吸った。

上気した頬がすぼまるたび、チューッと強く吸われて思わず彼の腰が浮いた。

さらに顔を上下させ、スポスポとリズミカルな摩擦が開始されると、

「い、入れたい。跨いで……」

すっかり高まった彼は言った。

すると、佐枝子も待ちかねていたようにスポンと口を離すと、すぐにも前進して跨がってきた。

唾液に濡れた幹に指を添え、彼女は割れ目を先端に押し当てて擦りながら位置を定めると、息を詰めてゆっくり腰を沈み込ませてきた。

張り詰めた亀頭が膣口に潜り込むと、あとは重みと潤いでヌルヌルッと滑らかに根元まで呑み込まれていった。

「アアッ……、いい……」

ぺたりと座り込んだ佐枝子が、顔を仰け反らせて熱く喘ぎ、密着した股間をグリグリと強く擦り付けてきた。

そして則夫がズンズンと股間を突き上げはじめると、上体を起こしていられな

くなったように佐枝子が覆いかぶさるように身を重ねた。まるで妖しく美しい、巨大な蜘蛛に抑え込まれたようだ。

彼は両手で抱き留め、胸に押し付けられる乳房の感触を味わいながら、両膝を立てて蠢く尻を支えた。

彼女も合わせて腰を遣いながら、上からピッタリと唇を重ねてきた。

熱い鼻息で鼻腔を湿らせながら、彼はチロチロと舌をからめ、唾液をすすった。

なおも動き続けると収縮が増し、

「アア……、いきそうよ……」

佐枝子が口を離して喘いだ。

口から吐き出される息は熱く湿り気があり、甘く女らしい匂いに混じり、夕食の名残かオニオン臭も感じられて悩ましく鼻腔が刺激された。

いかにも、ケアしていないリアルな主婦といった吐息の匂いが彼の興奮をゾクゾクと高めた。

「すごくいい匂い……」

「あう、そのままでと言ったので歯磨きもしていないのよ……」

喘ぐ口に鼻を当てて嗅ぎながら言うと、佐枝子が声を震わせた。

「うん、刺激がちょうどいい」

「ああ、じゃ刺激があるのね、恥ずかしい……」

佐枝子が羞恥に息を弾ませ、キュッキュッときつく締め上げてきた。粗相《そそう》したように溢れる愛液が熱く伝い流れ、彼の肛門まで心地よく濡らした。

「唾を垂らして」

言うと彼女も口をすぼめ、白っぽく小泡の多い唾液をクチュッと吐き出した。

舌に受けて味わい、生温かな唾液で喉を潤すと、膣内のペニスが歓喜にヒクヒクと震えた。

もう我慢できず、則夫はフィニッシュに向けてズンズンと激しく股間を突き上げ、収縮と摩擦の中で高まった。そして彼女の顔を引き寄せ、濃厚な吐息で鼻腔を満たしながら、激しく昇り詰めてしまった。

「い、いく、気持ちいい……！」

則夫は快感に貫かれて口走り、ありったけの熱いザーメンをドクンドクンと勢いよくほとばしらせた。

「あう、いく……、アアーッ……！」

すると佐枝子も噴出を感じた途端にスイッチが入り、声を上ずらせながらガクガクと狂おしいオルガスムスの痙攣を開始した。

膣内の蠢動と摩擦の中で彼は快感を嚙み締め、心置きなく最後の一滴まで出し尽くしていった。

実に濃く大きな快感で、本日の終了に相応《ふさわ》しかった。彼は深い満足に包まれながら徐々に突き上げを弱めてゆくと、佐枝子も強ばりを解き、力を抜いてグッタリともたれかかってきた。

「ああ……、何ていい気持ち……、すごすぎるわ……」

佐枝子が熱い息で言い、まだキュッキュッと膣内を上下に締め付けていた。

刺激された幹がヒクヒクと過敏に反応すると、

「も、もうダメよ、感じすぎるわ……」

彼女も敏感になって息を詰め、きつく締め上げてきた。

則夫は重みと温もりを受け止め、熱く甘い吐息を嗅ぎ、ほのかに混じるオニオン臭で悩ましく鼻腔を満たしながら、うっとりと快感の余韻を味わった。

重なったまま収縮が続くと、満足げに萎えはじめたペニスが、とうとうツルッと抜け落ちてしまった。

「あう……」

佐枝子が残念そうに言い、ようやく上から離れて添い寝してきた。

「このまま眠ってしまいそう……」

「いいですよ。僕はそっと出ていくから」

「ううん、やっぱりお風呂に入っておきたいので……。あなたはどうする？」

「僕は部屋に戻って、このまま寝ます」

「そう……」

彼女は答え、枕元のティッシュを手にすると手早く割れ目を拭った。そして呼吸を整えると気怠げに身を起こし、彼のペニスも拭いてくれ、屈み込んでチュッと亀頭に吸い付いた。

「く……」

彼は敏感に反応して呻き、それでも今日はもう充分なので回復はしてこなかった。

「じゃ、お風呂に行ってくるわね」

味わっただけで、すぐに彼女も顔を上げて言った。

「ええ、じゃまた明日」

則夫も起き上がって答えると、佐枝子はシャツと下着だけ持って静かに部屋を出て行った。室内を見回したが、荷物もきちんと片付けられ、射精したばかりなので特に嗅ぎたいものもない。

やがて彼も脱いだものを持って部屋を出ると、佐枝子が階段を下りはじめたところだった。

そして則夫は自分の部屋に戻らず、鍵を出して奥の部屋にそっと入った。スイッチを入れると、各部屋の女性たちはみな静かに眠っていた。起きているものはいなく、則夫と佐枝子の声も訊かれずに済んだようだ。

階下のバスルームも覗けるが、とことん快楽を分かち合ったばかりなので、ただ体を洗って湯に浸かる佐枝子を見ていても仕方がない。

則夫はスイッチを切り、そっと奥の部屋を出て施錠した。そして自分の部屋に戻ると、すぐベッドに横になった。

(養子か……、どうなるんだろうか……)

則夫は思い、貴美江が本気なら、こちらも具体的に考えをまとめないといけないと思った。

今の大学助手の仕事も、単に就職浪人だったところを今日香に誘われたから働いているだけで、それほど命がけというほどのものではないから、辞めることに未練はなかった。

ただ彼は、今日香の近くにいたかっただけである。

本来は、やはり景山六郎のような自由奔放な作家志望だった。

もちろん今までも何作か新人賞に応募していたし、入選にはならないが、そこそこ予選は通過していたのである。

いずれ、もっと貴美江と詰めて話し合い、その上で実現するのなら実家にも話しに帰らないとならない。

できれば、今日香と一緒になっての夫婦養子というのは実に魅力だった。

今日香も地方出身で、家は兄夫婦が継いでいるというから、案外則夫のように気ままな立場にいるのではないか。

彼は、ここで貴美江や今日香と暮らし、執筆しながらペンションやメイドカフェを開くことなどに思いを馳せてしまった。

とにかく則夫は、いずれじっくり貴美江と話そうと思い、あとは保留にした。

（今日もいろいろあったけど、この屋敷にいるのも明日一日で終わりなんだな……）

彼は名残惜しく思い、やがて深い眠りに落ちてしまった。

5

「あ……、貴美江さん……」

誰かが室内に入ってくる気配を感じ、目を覚ました則夫は貴美江の姿を認めた。まだ夜明け前だが、ネグリジェ姿の彼女を見て、彼はいっぺんに目が冴え、朝立ちの勢いのまま激しく股間を突っ張らせてしまった。

「いろいろ考えてしまったわ。則夫さんとこの屋敷で暮らすことを」

彼女が、ベッドの端に腰を下ろして言う。

「ええ、僕も考えているので、貴美江さんも本気なのかどうか話し合いたくて」

則夫が起きようとすると、そのまま貴美江は彼を押さえて添い寝してきた。

「ええ、私はもちろん本気だけど、何だか則夫さんが東京へ帰ったら、すぐそちらの暮らしに馴染んで、ここのことは忘れるような気がして」

「そんなことないですよ。大学でも、僕はモテた例はないし、遊び歩くのも性に合わないので。でも、なぜかこの屋敷でだけは全ての女性と懇ろになれるのが不思議です。一人だけの男とはいえ……」

彼が言うと、貴美江が優しく腕枕してくれながら答えた。

「実は、その気にさせる香が焚《た》き込めてあるのよ」

「え……？」

「六郎先生の友人に、ドイツ人で薬学博士の作家がいるの。その人が独自に開発した媚薬《びやく》、色んな動物や昆虫から抽出《ちゅうしゅつ》した性腺のエキス。匂いはないけど、男女の心の奥に響く効果があって、もちろん料理にも少量入れておいたわ」

「そ、そんな理想的な媚薬があるんですか……」

則夫は驚き、それで誰もが彼を求めてきたことも納得できた。

「その効果を確かめるのも、六郎先生の願いだったけど、心残りのまま逝ってしまったわ。そのドイツの博士も亡くなったから、媚薬は限られた量しかないのだけれど、充分に効果を発揮したみたいね」

「そうだったんですか……」

それで六郎も、晩年になるまで精力旺盛だったのだろう。

そしてここに来た女性たちも、みな何やら訳が分からないまま、モヤモヤして則夫を求めてきたのである。

決して自分がモテたわけではないのは少し残念だが、そうでもなければ全員となどとても懇ろになれないだろう。

「東京へ戻って、効果がどれほど持続するのかは不明だわ。他の異性に目移りしない限り、しばらくは保てると思うけど」

貴美江が言う。

「それで、誰が好きなの。若い麻由ちゃん？　それともボーイッシュな理沙さん？」

「ぼ、僕は最初から今日香さんのことが好きで……」

「そう、年上が好きなのね。それなら媚薬を渡すから、東京へ戻っても引き続き今日香さんに投与するといいわ」

「ええ、でもいいんですか。そんな残り少ない貴重なものを」

「今日香さんは淑《しと》やかで性格も良いし、私も好きだから」

要は夫婦養子を縁組する書類に記入するときだけ、効果が発揮できれば良いのかもしれない。

あまりフェアとも思えないが、急に貴美江や今日香との全てが現実味を帯びて、彼の胸が熱く弾んだ。

「もし実現してメイドカフェが開店できたら、きっと麻由ちゃんや理沙さんも休みのときはメイドのバイトに来てくれるでしょうし」

「ええ、そうですね。今日香さんにも話してみることにします」

「ええ、お願い」

話を終えると、彼女が手を伸ばして下着の上から強ばりに触れてきた。

「ああ……」

則夫は快感に喘ぎながら、手早く全裸になっていった。すると貴美江もネグリジェを脱ぎ、下には何も着けておらず彼の股間に顔を寄せてきた。

幹を支えて先端を舐め回し、張り詰めた亀頭をくわえてスッポリと喉の奥まで呑み込んでいった。

「アア……、こっちを跨いで……」

則夫が言って貴美江の下半身を求めると、彼女も深々と含んだまま身を反転させ、女上位のシックスナインで彼の顔に跨がってきてくれた。

真下から豊満な腰を抱き寄せ、潜り込むようにして恥毛に鼻を埋めると、昨夜寝しなに入浴したようで、濃い匂いはないが、彼女本来の甘いフェロモンが鼻腔を心地よく刺激してきた。

柔肉を舐め回すと、すぐにも熱い愛液が溢れて舌の動きを滑らかにさせた。

彼はクリトリスをチロチロと探り、溢れる蜜をすすっては、伸び上がって豊かな尻の谷間にある蕾にも舌を這わせた。

「ンン……」

貴美江はしゃぶりながら小さく呻き、股間に熱い息を籠もらせてスポスポと摩擦してくれた。

則夫もズンズンと股間を突き上げ、充分に高まると彼は言った。

「い、入れたい……」

すると貴美江もすぐに顔を上げ、身を起こして向き直ると彼の股間に跨がり、先端に割れ目を当ててゆっくり膣口に受け入れていった。

「アアッ……、いい気持ち……」

ヌルヌルッと根元まで嵌め込むと、貴美江がピッタリと股間を密着させて喘いだ。

則夫も温もりと感触を味わい、両手を伸ばして彼女を抱き寄せた。潜り込んで両の乳首を吸い、両膝を立てて豊満な尻を支えながらズンズンと股間を突き上げはじめた。

貴美江も腰を遣い、溢れる愛液が擦れてクチュクチュと音を響かせた。

左右の乳首を味わってから、腋の下に鼻を埋めると、柔らかな腋毛の隅々にも甘い匂いが生ぬるく籠もっていた。

則夫は股間を突き上げながら唇を重ね、熱い息で鼻腔を湿らせながら念入りに舌をからめた。

貴美江も、則夫が好むのを知っているので、ことさら多めにトロトロと唾液を注いでくれ、彼はうっとりと味わい、喉を潤して酔いしれた。

「ああ……、いきそうよ、すごくいい……」

貴美江が口を離して喘ぎ、収縮と潤いを増して身悶えた。

口から吐き出される熱く湿り気ある息は、やはり寝起きで白粉臭が濃厚になり、悩ましく鼻腔を刺激してきた。

彼は美熟女の吐息でうっとりと胸を満たし、急激に絶頂を迫らせた。

すると先に、貴美江が身を硬直させ、ガクガクと狂おしいオルガスムスの痙攣を開始したのだった。

「い、いく……、アアーッ……！」

彼女が熱く喘ぎ、その収縮に巻き込まれるように、続いて則夫も絶頂に達してしまった。

「き、気持ちいい……！」

則夫も快感に口走りながら、熱いザーメンをドクンドクンと中にほとばしらせた。恐らく今後、母と息子になってからも、年中こうして快楽を分かち合うことになるのだろう。

彼は心置きなく最後の一滴まで出し尽くし、徐々に突き上げを弱めていった。

「ああ……」

貴美江も満足げに声を洩らし、力を抜いてグッタリともたれかかった。

則夫は美熟女の重みと温もりを受け止め、まだ息づく膣内でヒクヒクと過敏に幹を震わせ、甘い白粉臭の刺激を含んだ吐息を嗅ぎながら、うっとりと余韻に浸り込んでいった。

全く、早朝でも昼までも夜でも、いくらでもできそうである。

ようやく互いの動きが完全に止まると、二人は重なったまま荒い息遣いを整えた。

「じゃ、戻るわね……」

貴美江が囁き、そろそろと股間を引き離しながらティッシュを取り互いの股間を拭った。そしてベッドから降りた彼女は、則夫に優しく薄掛けを掛けてくれ、ネグリジェを持って静かに部屋を出て行ったのだった。

まだ夜明けには間があるので、則夫も心地よい気怠さの中で目を閉じ、もう一度眠りに落ちてしまった……。


——目が覚めると、すっかり雨が上がって快晴の陽が窓から射し込んでいた。

ずいぶん寝てしまい、もう午前十時を回っている。

ベッドから降りると身繕いをし、則夫は部屋を出た。そして階下に揃っているみんなに挨拶してから、トイレを済ませ顔を洗って食堂に行った。

他の女性たちも今朝はだいぶ寝坊したらしく、全員でハム卵サンドと生野菜のブランチを囲んだ。

「あとで、車で道の様子を見てくるわ。大丈夫なら、そのままお買い物に行くので連絡するわね」

貴美江が言い、則夫と連絡先の交換をしておいた。

「私も一緒にお買い物したいわ」

「私は、本屋があれば寄りたいので」

佐枝子と今日香も言い、やがてブランチの洗い物と片付けを終えると、貴美江の車で三人は出ていった。

則夫も玄関を出て見送ったが、だいぶ道はぬかるんでいるものの、走行は大丈夫そうである。

ただ注意深く徐行するので、かなり往復に時間はかかりそうだった。

そして則夫がリビングで休憩していると、間もなく貴美江からメールが入った。

やはり道も特に問題ないようなので町まで行くが、帰りは夕方近くになるとのことだった。

するとそこへ、いったん二階に引っ込んでいた麻由と理沙が降りてきた。

何と、二人ともメイドの衣装に身を包んでいる。

「ここでしましょう。どうせ三人は夕方まで帰らないだろうから」

理沙が言い、麻由も欲情したようにつぶらな目をキラキラさせている。

どうやら、メイドたちが二人がかりで彼に求めているようだ。

もちろん則夫は激しく勃起し、手早く全裸になると、椅子を少しどけてカーペットに仰向けになった。

すると二人もメイド服のまま左右から屈み込み、まるで申し合わせたように彼の左右の乳首に、チュッと同時に吸い付いてきたのだった。

第五章　二人がかりで貪られて

1

「ああ……、気持ちいい……」

則夫は、左右の乳首を麻由と理沙に吸われ、熱い息に肌をくすぐられて喘いだ。

やはり二人がかりだと快感も倍になるのか、ピンピンに勃起した先端から先走りの粘液が滲んだ。

しかも左右から屈み込んで愛撫しているのはメイドの二人、可憐な美少女とツンデレのアスリート美女である。

「か、嚙んで……」

さらなる刺激を求めて言うと、二人は綺麗な歯並びで両の乳首をキュッと嚙んでくれた。

「あう、いい、もっと強く……」

則夫は甘美な痛みにクネクネと身悶え、幹をヒクヒク震わせた。

すると二人は、打ち合わせでもできているかのように、そろそろと肌を舐め下りていった。

嚙まれるのが好きだと察したように、二人は彼の脇腹や下腹にも、キュッと歯を食い込ませ、咀嚼《そしゃく》するようにモグモグと動かしてくれた。

「アア……」

則夫は、美しい二人に全身を少しずつ食べられているような快感に喘いだ。

そして二人は、まるで日頃から彼がしているように、股間を後回しにして脚を舐め下りていったのだ。

とうとう足裏にも二人の舌が這い、同時に爪先がしゃぶられ、全ての指の間にヌルッと生温かな舌が割り込んできたのである。

「く……、いいよ、そんなことしなくても……」

則夫は申し訳ないような快感に呻いて言ったが、二人は彼のためというより、自身の欲望を全開にして生け贄《にえ》の男を賞味しているようだ。

生温かな舌が潜り込み、足指で摘《つま》むと両足とも清らかな唾液にまみれた。

ようやく二人は口を離し、大股開きにさせた彼の脚の内側を舐め上げてきた。

左右の内腿にそれぞれの舌が這い、キュッと噛まれるたび彼はビクリと反応した。

そして二人が頬を寄せ合い、混じり合った息が股間に籠もると、理沙が彼の両脚を浮かせて尻の谷間を舐めてくれた。

「あう……」

ヌルッと舌が潜り込むと、則夫はキュッと肛門で理沙の舌先を締め付けながら喘いだ。熱い鼻息が陰嚢をくすぐり、内部で舌が蠢くたび勃起したペニスがヒクヒクと上下した。

やがて理沙が舌を引き離すと、すかさず麻由もチロチロと肛門を舐め、ヌルッと潜り込ませてきた。

「く……、すごい……」

立て続けだと、二人の舌の温もりや蠢きが微妙に異なり、何とも贅沢《ぜいたく》な快感に興奮が高まった。

麻由も舌を蠢かせてから口を離すと、脚が下ろされて二人は同時に陰嚢にしゃぶり付いてきた。互いに女同士の舌が触れ合っても構わないようで、やはり二人はレズごっこの経験ぐらいあるのかもしれないと思った。

それぞれの睾丸が舌に転がされ、袋全体はミックス唾液に温かくまみれた。

いよいよ二人がペニスの裏側と側面をゆっくり舐め上げ、滑らかな舌が先端まで辿《たど》り着いた。

やはり年上の理沙が先に、粘液の滲む尿道口をチロチロと舐め、舌を離すと麻由が舌を這わせてきた。何という贅沢な快感であろうか。まるで美しい姉妹が、一本のキャンディを分け合って舐めているかのようだ。

さらに同時に張り詰めた亀頭も舐め回され、彼自身は混じり合った唾液に生温かく濡れた。

理沙がスッポリと含んで舌をからめ、上気した頰をすぼめながらスポンと引き抜くと、すぐに麻由が深々と呑み込み、笑窪を浮かべて無邪気に吸い、チュパッと引き離した。

それが交互に繰り返されると、彼はもうどちらに含まれているかも分からないほど朦朧となってきた。股間に二人分の熱い息が籠もり、代わる代わる含んでスポスポ摩擦されると、

「い、いきそう……」

則夫は絶頂を迫らせて口走った。

すると二人も顔を上げたので、どうやらここで口に受ける気はないようだった。

「いいわ、じゃ今度は私たちにして。どうすればいいかしら」

「顔に足を乗せて……」

理沙が訊くので則夫が答えると、二人もすぐに白いソックスを脱ぎ去り、彼の顔の左右にスックと立ち上がってきた。

そして互いに体を支え合いながら、そろそろと片方の足を浮かせ、同時にそっと彼の顔に足裏を乗せてきたのである。

「ああ……」

則夫は快感に喘ぎ、二人分の足裏を顔中に受け止めた。

それぞれに舌を這わせ、指の間に鼻を押し付けて嗅ぐと、汗と脂に湿ったそこは蒸れた匂いが濃く沁み付いていた。

彼は鼻腔を刺激されながら、良く似た匂いを貪り、順々に爪先にしゃぶり付き、指の股に舌を割り込ませて味わった。

「あん、くすぐったいわ……」

麻由が喘ぎ、ガクガクと膝を震わせた。彼は可憐に縮こまる美少女の足と、逞しくしっかりしたアスリートの爪先を味わった。

舐めながら見上げると、すでに二人ともノーパンであることが分かった。

口を離すと二人も自然に足を交代させ、彼は新鮮な味と匂いを心ゆくまで貪ったのだった。

「じゃ跨いで……」

ようやく口を離して言うと、やはり先に理沙が跨がり、ドレスの裾をめくって和式トイレスタイルでしゃがみ込んできた。

スラリとした長い脚がM字になり、ムッチリと内腿が張り詰め、すでに濡れている割れ目が鼻先に迫った。

腰を抱き寄せ、茂みに鼻を埋めて嗅ぐと、蒸れた汗とオシッコの匂いが悩ましく鼻腔を掻き回してきた。則夫は熱気と匂いに噎せ返り、舌を挿し入れて淡い酸味のヌメリをすすった。

息づく膣口から、大きなクリトリスまでゆっくり舐め上げていくと、

「アアッ……、いい気持ち……」

理沙が熱く喘ぎ、新たな愛液を漏らしながらヒクヒクと白い下腹を波打たせた。

則夫は味と匂いを堪能してから尻の真下に潜り込み、顔中に弾力ある双丘を受け止めながら、谷間の蕾に鼻を埋め、蒸れた匂いを貪ってから舌を這わせ、ヌ

ルッと潜り込ませた。

「あう……」

理沙が呻き、モグモグときつく肛門で舌先を締め付けた。

そんな様子を、麻由が興奮を高めて覗き込み、早く自分も舐めてもらいたいように息を弾ませていた。

「いいわ、交代……」

すると理沙が股間を引き離して言い、麻由のために場所を空けた。

すぐに麻由も跨いでしゃがみ込み、ぷっくりした割れ目を迫らせてきた。

彼女も清らかな愛液をたっぷり漏らし、若草に鼻を埋めると、汗とオシッコとチーズ臭の混じった匂いで鼻腔を掻き回した。

則夫は何度も深呼吸して美少女の匂いを吸収し、舌を這わせて熱い蜜をすすり、チロチロとクリトリスを刺激してやった。

「あん、いい気持ち……」

麻由が声を洩らし、思わずキュッと彼の顔に座り込んできた。

すると、その間に理沙がペニスに跨がり、女上位でヌルヌルッと一気に根元まで受け入れていったのだ。

「アアッ……、感じる……」

理沙がピッタリと股間を密着させて座り込み、顔を仰け反らせて喘いだ。

則夫も肉襞の摩擦と温もり、締め付けと収縮に包まれながら幹を震わせ、快感を嚙み締めた。

理沙は、そのままブラウスの前を開き、オッパイをはみ出させてから前にいる麻由の背中にもたれかかりながら、まるでスクワットでもするように徐々に腰を上下させはじめていった。

則夫は暴発を堪えながら麻由の割れ目を貪り、さらに尻の真下にも潜り込み、蕾に籠もる蒸れた微香を嗅いでから舌を這わせた。

ヌルッと潜り込ませ、滑らかな粘膜をクチュクチュと探ると、

「あう、変な感じ……」

麻由が呻き、肛門で舌先を締め付けてきた。

「い、いきそうよ、何ていい気持ち……」

すると理沙が腰の動きと収縮を強めて口走り、前にいる麻由の背後から抱きつき、同じようにブラウスのボタンを外して乳房をはみ出させると、両手でモミモミと愛撫しはじめた。

「あん、いい気持ち……、もっと強く……」

麻由も激しく喘ぎ、後ろにいる理沙にもたれかかった。

則夫は美少女の前も後ろも味と匂いを堪能し、徐々に股間を突き上げはじめていった。すると、たちまち先に理沙がガクガクと狂おしい痙攣を開始し、昇り詰めてしまったようだった。

2

「い、いっちゃう……、アアーッ……！」

理沙が激しく股間を擦り付けて喘ぎ、オルガスムスの収縮を繰り返した。

則夫は、辛うじて漏らさずに済んだ。

何しろ後が控えているし、連日のセックスですっかり我慢もできるようになっていたのである。

「ああ、良かった……」

理沙は気が済んだように言い、麻由の背にグッタリともたれかかった。

そして熱い息遣いを繰り返しながら、麻由のため股間を引き起こし、ゴロリと横になってきた。

するとと麻由も、仰向けの則夫の上を移動し、理沙の愛液にまみれているペニスに跨がってきた。自分で幹に指を添えて先端に割れ目を当て、息を詰めてゆっくり腰を沈み込ませていった。

たちまち彼自身は、立て続けに熱く濡れてきつい締め付けの膣口に、ヌルヌルッと根元まで呑み込まれた。

「アアッ……！」

麻由が顔を仰け反らせ、股間を密着させながら熱く喘いだ。

則夫も、温もりと感触の中で快感を噛み締め、幹を震わせながら麻由を抱き寄せていった。

両膝を立てて尻を支え、潜り込むようにして、胸元からはみ出しているピンクの乳首にチュッと吸い付き、舌で転がし顔中で膨らみの感触を味わった。

乱れたブラウスの中からは、生ぬるく甘ったるい汗の匂いが漂い、彼はまだ動かずに両の乳首を交互に味わった。

すると横から、

「私も舐めて……」

理沙が息を吹き返したように言い、乳房を割り込ませてきたのである。

則夫は理沙の乳首も両方を含んで舐め回し、微妙に異なる感触と体臭を味わった。

そして二人分の乳首を順々に味わうと、彼もいよいよ絶頂を迫らせ、ズンズンと小刻みに股間を突き上げはじめていった。

「あう、奥が熱いわ……」

麻由も、すっかり痛みは克服し、男と一つになった充足感を味わっているように呻き、締め付けながら腰を遣いはじめた。

溢れる愛液が動きを滑らかにさせ、二人の接点からはピチャクチャと湿った摩擦音が聞こえてきた。

彼は麻由の顔を引き寄せ、ピッタリと唇を重ねた。

すると理沙が、やはり割り込んできて、三人で舌をからめはじめたのである。

二人分の熱い鼻息が鼻腔を湿らせ、彼はそれぞれ滑らかに蠢く舌と、生温かな唾液のヌメリを味わった。

「アア……、感じる……」

麻由が口を離して喘ぎ、則夫はそれぞれの口に鼻を押し込んで息を嗅いだ。

麻由はいつものように濃厚に甘酸っぱい果実臭がして、理沙は悩ましいシナモン臭で、それが混じり合って鼻腔を搔き回してきた。

「唾を飲ませて」

股間を突き上げながら言うと、二人も懸命に分泌させ、交互に顔を寄せてグジューッと垂らしてくれた。それらを口に受け、則夫は混じり合った小泡の多いシロップを味わい、うっとりと喉を潤した。

唾液と吐息の、味と匂いも二人分となると、濃厚に彼を酔わせた。こんな贅沢な体験は、媚薬の満ちた屋敷の中だけのことであろう。

「顔にもペッて吐きかけて……」

快感と興奮に任せて言うと、先に理沙が唇をすぼめて迫り、ペッと強く吐きかけてくれた。かぐわしい息が顔中を撫で、生温かな唾液の固まりが鼻筋を濡らし、頰の丸みを伝い流れて匂った。

「アア、気持ちいい、麻由ちゃんも」

せがむと、さすがにためらいはあるようだが、理沙が手本を示したので唾液を唇に溜めて顔を寄せ、ペッと控えめに吐きかけてくれた。

甘酸っぱいリンゴ臭の吐息とともに、清らかな唾液が頰を濡らした。

「顔中舐めてヌルヌルにして……」

則夫はせがみ、麻由の締め付けと摩擦に激しく高まった。

二人も顔を寄せ、熱くかぐわしい息を惜しみなく嗅がせてくれながらヌラヌラと舌を這わせ、というより垂らした唾液を舌で塗り付ける感じで、彼の鼻も頰の瞼も、生温かな唾液でヌルヌルにまみれさせてくれた。

「アア、い、いく……！」

とうとう則夫も声を上げ、大きな絶頂の快感に全身を貫かれてしまった。

熱い大量のザーメンがドクンドクンと勢いよくほとばしると、

「あう、熱いわ、いい気持ち……！」

噴出を受けた麻由も声を上げ、ヒクヒクと小刻みなオルガスムスの痙攣を開始したのだった。

締まる膣内が何とも心地よく、則夫は快感を味わい、心置きなく最後の一滴まで出し尽くしていった。

すっかり満足しながら徐々に突き上げを弱めていくと、

「アア……」

麻由も声を洩らし、硬直を解いてグッタリともたれかかってきた。

もうこれで彼女も、今後とも膣感覚の絶頂が得られることだろう。

まだ息づく膣内で、彼はヒクヒクと過敏に幹を跳ね上げた。

そして二人の顔を抱き寄せ、混じり合った熱くかぐわしい息を胸いっぱいに嗅ぎながら、うっとりと余韻に浸り込んでいった。

やがて呼吸を整えると、麻由が股間を引き離し、理沙とは反対側にゴロリと横になった。すると理沙が起き、愛液とザーメンにまみれたペニスにしゃぶり付いてきたのである。

「あう、そっとして……」

まだ過敏な時間がおさまらない則夫は、腰をくねらせて呻いた。

「二人の味がするわ……」

理沙は息を籠もらせて言い、ペニスのヌメリを丁寧に舐め取ってくれた。

そして顔を上げるとヌラリと舌なめずりし、

「ね、次は私の中に出して」

まだまだ彼を解放しないように言った。

「うん、その前に、お風呂に行って休憩しよう」

則夫は言い、ノロノロと身を起こしていった。

すると二人も、乱れたメイド服を全て脱ぎ去り、全裸になって立ち上がった。

どうやら、これでメイドプレイも終了のようである。

三人でリビングからバスルームへ移動し、シャワーの湯で全身を洗い流した。

「じゃ、オシッコかけて……」

ムクムクと回復した則夫が言い、バスマットに座ると、二人も立ち上がって左右から股間を迫らせてくれた。

「こうして」

彼は言い、二人をそれぞれ左右の肩に跨がらせ、顔に股間を突き出させた。

左右を向いて交互に割れ目を舐めると、恥毛に籠もっていた濃厚な匂いは薄れてしまい、それでも新たな愛液に舌の動きがヌラヌラと滑らかになった。

「あう、本当に出るわ……」

理沙が言うと、麻由も後れを取るまいと、懸命に息を詰め、下腹に力を入れて尿意を高めた。やはり後れを取ると、二人に注目されて恥ずかしいから、できれば理沙と一緒に出したいのだろう。

代わる代わる柔肉を舐めていると、やはり理沙のほうがヒクヒクと下腹を震わせ、

「出ちゃう……」

息を詰めて言うなり、チョロチョロと熱い流れをほとばしらせてきた。

則夫は舌に受け、味と匂いを堪能しながら喉を潤した。

「あん……」

すると、ようやく麻由が喘ぎ、熱い流れが肌に注がれてきた。

彼はそちらにも向き、口に受けて味わい、うっとりと飲み込んだ。

どちらも味と匂いは淡いものだが、二人分となると悩ましく鼻腔が刺激された。

片方を味わっていると、もう片方の流れが熱いシャワーとなって肌を伝い流れ、すっかりピンピンに回復したペニスが温かく浸された。

やがて理沙の流れがおさまると、続いて麻由も放尿を終えた。彼は残り香の中、それぞれの割れ目を舐めて余りの雫をすすった。

「アア……、変な気持ち……、我慢できないわ……」

理沙が言い、そのまま彼をバスマットに仰向けにさせてきた。そして二人は同時に屈み込み、また一緒になって亀頭をしゃぶってくれたのである。

「ああ……、気持ちいい……」

則夫は濃厚なダブルフェラに喘ぎ、急激に高まってきた。

ミックス唾液にまみれた幹がヒクヒク震えると、やがて理沙は麻由をどかせて身を起こし、跨がってきた。

先端に割れ目を押し付け、息を詰めて一気に座り込んだ。

ヌルヌルッと滑らかに彼自身は理沙の膣内に納まり、互いの股間がピッタリと密着した。

則夫は快感に悶えながら麻由を添い寝させ、唇を重ねて可愛らしい吐息と唾液を貪った。すると理沙が、例により嫉妬したように顔を割り込ませ、一緒になって舌をからめてきたのだった。

3

「アア……、気持ちいいわ、またすぐいきそう……」

理沙が口を離して言い、腰の動きを速めた。濡れた摩擦にクチュクチュとリズミカルな音が響き、収縮が強まってきた。

それでも必死に絶頂を堪えているのは、やはりさっきのように自分勝手に果てるのではなく、男と絶頂を分かち合うのが最高のようだった。

則夫も突き上げを強めながら二人の顔を引き寄せ、混じり合った濃厚な吐息を嗅いで唾液のヌメリを顔中に受け、激しく高まっていった。

「い、いく……、気持ちいい……!」

たちまち則夫は絶頂の快感に全身を貫かれて口走り、ありったけの熱いザーメンをドクンドクンと勢いよく放った。

「あう、いく……!」

奥深い部分を直撃されると、理沙も呻いてガクガクと狂おしいオルガスムスの痙攣を開始した。激しい収縮と締め付けで、彼は駄目押しの快感を得ながら最後の一滴まで出し尽くしていった。

「ああ……」

則夫はすっかり満足しながら突き上げを弱めて喘ぐと、

「アア……、すごく良かったわ……」

理沙も声を震わせて言い、強ばりを解いてグッタリともたれかかった。

彼自身はまだ息づく膣内に刺激され、ヒクヒクと過敏に幹を跳ね上げた。

そして二人の顔を密着させ、混じり合った唾液と吐息の匂いで鼻腔を満たしながらうっとりと余韻を味わったのだった。

理沙も精根尽き果てたように体重を預け、荒い息遣いを繰り返していた。

やがて満足げに萎えはじめたペニスが、ヌメリと収縮に押し出され、ツルッと抜け落ちた。

ようやく理沙も上から離れて添い寝し、則夫は二人に左右から挟まれながら呼吸を整えたのだった。

「ね、東京に戻ってからもしましょうね。３Ｐも楽しいわ……」

理沙が言うと、反対側から麻由も頷いた。

「うん、是非……」

則夫は答えたが、果たして屋敷の媚薬効果がいつまで持続するか分からず、あまり当てにせず、それでも期待を胸に抱いた。

「麻由ちゃん、もう一回いく？」

彼は麻由に囁いた。

則夫も理沙も二回果てたのだし、明朝はここを出るのだから麻由に快感を与えられるのも最後かもしれない。

「私はもういいです」

麻由が遠慮がちに言った。挿入でオルガスムスが得られ、まだその余韻に浸り込んでいるのだろう。

「じゃ入れないので、舐めていかせてあげる」

彼は言い、麻由を引き寄せて顔に跨がらせた。

麻由も素直に彼の顔に割れ目を密着させ、舌を這わせると新たな蜜がたっぷり溢れてきた。

「アアッ……！」

麻由が喘ぎ、思わずギュッと座り込んできた。

そして則夫が清らかな蜜をすすりながら、執拗にクリトリスを舐め回していると、どうやら彼女の前に回った理沙が、彼女と唇を重ね、指でオッパイを愛撫しはじめたようだ。

やはり二人は以前から、女同士で戯《たわむ》れ合っていたのだろう。

「ンンッ……！」

麻由が熱く呻き、女同士でチロチロと舌をからめ合う気配がした。

則夫はクリトリスに舌を集中させているので、垂れる愛液は顎のあたりをヌラヌラと濡らし、首にも生ぬるく伝い流れてきた。

「私のもいじって……」

理沙が唇を離して言い、麻由に乳首や割れ目をいじらせた。

「アア、いい気持ちよ……」

理沙も喘ぎ、女同士の愛撫でクネクネと身悶えはじめた。

そんな様子に、すっかり満足していたはずの彼自身も、次第にムクムクと回復してきてしまった。

則夫は、小さく円を描くようなリズムでクリトリスを舐め回し続けた。ネット情報では、蠢きの角度やリズムを途中で変えるより、ずっと一定の動かし方のほうが果てやすいと聞いていたのである。

たちまち麻由の全身がガクガクと痙攣し、泉のように愛液が滴った。やはりクリトリス感覚のほうが早く果てられるのだろう。

「き、気持ちいい、いく……、アアーッ……！」

麻由が声を上ずらせ、正面にいる理沙にしがみつきながらヒクヒクと震えた。

なおも舌を蠢かせていると、

「も、もういいです……」

彼女が息を詰めて言うので、則夫も舌を過敏になったクリトリスから離し、溢れる愛液を飲み込んだ。

「ああ、気持ち良かったわ……」

麻由が股間を引き離し、彼に添い寝しながら荒い息で言うと、理沙もまた反対側に寝て左右から密着してきた。

「もうこんなに勃ってるわ。ね、もう一度できるなら、出るところ見せて」

理沙が言い、幹を握って動かしてきた。

「アア……、じゃ二人の息と唾をいっぱい欲しい……」

彼も身を投げ出して言うと、二人も顔を寄せ、また三人で舌をからめながらトロトロと生温かな唾液を注いでくれた。

理沙がリズミカルに握った指を動かすと、麻由も余韻の中で陰嚢を指先でサワサワとくすぐってきた。

「ああ、すぐいきそう……」

「いくとき言ってね」

彼が高まって言うと、理沙も強すぎず弱すぎない巧みなタッチで愛撫を続けた。

二人も相手がいるのに挿入や口内発射をせず、指でいかせてもらうというのも贅沢なものだった。

しかも二人分のかぐわしい吐息を嗅ぐと鼻腔で温かく混じり合い、ミックス唾液で喉を潤しながら果てるのは至福の快感である。

たちまち彼はクネクネと身悶え、絶頂の波を受け止めて激しい快感に全身を貫かれてしまった。

「い、いく……、アアッ……！」

則夫が口走ると、二人も愛撫を続けながらペニスを見た。

すると、ありったけの熱いザーメンがピュッとほとばしり、それが何度か続いて彼自身の腹を濡らした。

「すごい勢い。もう何度もしているのに」

「こんなふうに出るのね……」

理沙と麻由が息を呑み熱い眼差しで言い、全て絞り尽くすまで幹と陰嚢への愛撫が続けられた。

「ああ……」

出し切った則夫が声を洩らし、グッタリと身を投げ出すと二人は同時に顔を寄せ、濡れた先端をチロチロと舐め回してくれた。

「あうう……、も、もういい……、有難う……」

彼は過敏に幹を震わせ、腰をよじりながら降参した。

二人も綺麗に舐め取ると、ようやく顔を上げて舌なめずりした。

やがて則夫が呼吸を整えると、もう一度三人でシャワーを浴びて身体を拭き、二人もいつものTシャツと短パンに着替えたのだった。

4

「わあ、すごいご馳走だわ……」

貴美江が佐枝子や今日香と買い物から帰ってきて、夕食の仕度が調うと理沙が歓声を上げた。何しろみなで過ごす最後の夜だから、豪華な料理が食堂のテーブルに並べられたのだ。

もう天気が崩れる心配もなく、綺麗な夕焼け空に蜩の声が聞こえていた。

そして一同はビールや烏龍茶で乾杯し、夕食を囲んだ。

しかし談笑していても、どこか今日香だけは心ここにあらずといった感じで、則夫は少し心配になった。

「明日の朝に帰るなんて、何だか名残惜しいわね」

「でも、雨のおかげで予定の倍もいられたのだから」

理沙や麻由も食事しながら言い、則夫は最後の夜は誰を相手にできるのかと密かに期待した。

彼は昼間、濃厚な3Pを終えてから、また夕方まで仮眠を取ったのである。

やがて夕食を終えると、みなは風呂と二階とに分かれ、則夫も自分の部屋に戻ったのだった。

すると、すぐにノックされ、メガネ美女の今日香が入ってきた。

「あ、町で良い本は買えましたか」

則夫は明るく訊いたが、今日香は真剣な表情をしている。

「いえ、特に。それよりお話があるの」

彼女が言うので椅子をすすめ、則夫はベッドの端に座った。

今日香が来てくれたので、早くも彼自身はムクムクと痛いほど突っ張ってきてしまった。

「はい、何でしょう」

「今日お買い物の途中、佐枝子さんのいないところで貴美江さんとお話ししたのよ」

「ええ、どんな」

「あなたが、この屋敷と景山家を継ぐかもしれないということ」

「そ、そうですか……」

則夫は頷いた。貴美江が夫婦養子のことまで話してくれたのなら、自分が言うよりずっとスムーズに進むかもしれないと思った。

「それで、私と夫婦養子にならないかって」

「それは、僕の望みでもあります」

則夫は、股間の疼きとは別のときめきに胸を弾ませた。

「二級も年上だけど、私でいいの？」

何やら承諾のニュアンス感じられ、則夫は身を乗り出した。

「ええ、ずっと好きだったんですから、他の人は考えられないです。それより、今日香さんの気持ちはどうなんです？」

「私も、東京で助手の仕事を続けるよりは、前から田舎暮らしに憧れていて、こんなアンティークな喫茶店をするのが夢だったの。それに実家は母が亡くなり、父の後妻がいるから何となく遠慮して遠ざかっているし」

「じゃ、ＯＫなんですか……」

「一晩考えさせて」

「分かりました。一緒にメイドカフェをしてペンション計画も立てて、合間には好きな研究や執筆もできますよ」

　則夫は勢い込んで言った。もう自分のほうに迷いはないし、少々カフェやペンションが儲からなくても、景山家の財産は相当にありそうだ。

「明日、佐枝子さんたちが帰るけど、もう一日だけ私たち残らない？　貴美江さんと三人でじっくりお話ししたいの」

「ええ、僕は構いません」

　今日香もその気があるようで、則夫は歓喜に包まれながら頷いた。

　あるいは貴美江のことだから、すでに夫婦養子の書類なども用意されていて、媚薬の効いた屋敷内にいるうちに記入させたいのかもしれない。

　本来なら、則夫が媚薬の小瓶をもらって、東京で折りの良いときに今日香に打ち明ける予定だったが、たまたま今日の買い物で佐枝子が離れたので、二人で話すタイミングがあったのだろう。

　則夫は空想が現実になりそうな悦びに、思わず彼女の手を握ってベッドへ引き寄せようとした。

　しかし今日香は拒んだ。

「ダメ、今夜だけは一人きりで考えさせて」

「わ、分かりました。じゃせめて匂いだけでも……」

彼は床に膝を突いて今日香の胸に顔を埋め、シャツの腋の下に鼻を埋めて生ぬるく甘ったるい体臭で鼻腔を満たした。

これから一緒になれれば、いくらでもできるのだから、そう慌てることもないのだが、やはり目の前の美女には夢中になってしまうのだ。

今日香もじっと彼を胸に抱き、優しく頭を撫でてくれた。

顔を上げると、形良い唇が僅かに開いて白く滑らかな歯並びが覗き、間からは熱く湿り気ある息が洩れていた。嗅ぐと夕食の名残で、花粉臭が濃厚になって悩ましく鼻腔を刺激してきた。

そのまま移動して唇を求めたが、

「もう戻るわね……、明日、お話ししましょう……」

今日香が言い、やんわりと彼の顔を離して立ち上がった。

「分かりました。どうか前向きに考えて下さいね」

則夫が見送りながら言うと、今日香も小さく頷いて、やがて静かに部屋を出て行ってしまった。

今日香が向かいの部屋に入り、ドアの閉まる音を聞くと、彼は再びベッドに座り込んだ。

(本当に、本当のことになるかもしれない……)

則夫は思い、ワクワクと胸が弾んだ。

彼の実家のほうは、さして問題ではないだろう。

塾の経営は上手くいっているし、何も則夫が都落ちして手伝わなくても、兄夫婦がいれば大丈夫だ。

まして財産家の養子になるのだから、文句が出るはずもない。

則夫にとっても、大好きな今日香が年上妻に、初体験の手ほどきをしてくれた貴美江が義母になるというのは実に嬉しいことである。

いずれ媚薬効果が完全になくなっても、もうその頃には三人での生活が心身に馴染んでいるに違いない。

とにかく則夫は、勃起したままの股間を持て余したが、そのときドアが静かにノックされ、佐枝子が入ってきたのだった。

5

「最後の夜だから、思いきりしたくて」

佐枝子が、湧き上がる淫気に目をキラキラさせて言う。則夫も勃起しているので、すぐにも気持ちを三十歳の美人妻に切り替えた。

「則夫君が望んでいると思って、夕食後お風呂も入らずそのままよ」

「ええ、そのほうがいいです。じゃ脱ぎましょう」

彼は言い、手早く全裸になりベッドに横になって待った。

佐枝子もシャツと短パンを脱ぎ、貴美江ほどではないが肉づきの良い肢体を露わにしていった。

「すごいわ、もうこんなに勃って……」

彼女がベッドに上がって言い、いきなり則夫の股間に屈み込んできた。

幹に指を添え、粘液が滲みはじめた尿道口をチロチロと舐め、熱い息を股間に籠もらせながら、張り詰めた亀頭をスッポリとくわえた。

そのままモグモグとたぐるように喉の奥まで呑み込み、幹を締め付けて吸い、口の中ではクチュクチュと舌をからめてくれた。

「ああ、気持ちいい……」

則夫は快感に喘ぎ、彼女の口の中で唾液にまみれた幹をヒクヒク震わせた。

「ンン……」

佐枝子も深々と含んで熱く鼻を鳴らし、顔を上下させ濡れた口でスポスポと強烈な摩擦を繰り返してくれた。

「ああ、気持ちいい……」

則夫も快感に喘ぎ、ズンズンと股間を突き上げながらすっかり高まった。

すると佐枝子がスポンと口を離し、股間から這い出して添い寝してきた。

彼は甘えるように腕枕してもらい、腋の下に鼻を埋め込みながら息づく乳房に手を這わせていった。

半日余り買い物で動き回っていたから、腋はジットリと生ぬるく湿り、濃厚に甘ったるい汗の匂いが沁み付いて悩ましく鼻腔を満たした。

「いい匂い……」

則夫はうっとりと酔いしれながら言い、充分に嗅いでから移動し、チュッと乳首に吸い付いて舌で転がした。

佐枝子もすぐに熱く喘ぎはじめ、クネクネと身悶えた。

「アア……」

彼は左右の乳首を順々に含んでは念入りに舐め回し、顔中で柔らかな膨らみと体臭を味わった。

もう片方の腋も充分に嗅ぎ、汗の匂いに噎せ返ってから白く滑らかな肌を舐め下りていった。臍を探り、張りのある下腹を顔中で感じ、腰から脚を舌でたどった。

佐枝子も身を投げ出し、熱い息を弾ませながらされるままになっている。

今回、多くの女性がいるのにカチ合わなかったのは幸運だった。いや、あるいは部屋を訪ねようとしたが、中の気配を感じ、遠慮して引き上げた女性もいたのかもしれない。

それほど、もう互いに口に出さなくても、則夫が全員の共有物のようになっていたのだろう。

足裏を舐め回し、揃った足指の間に鼻を割り込ませて嗅ぐと、やはり動き回っていたぶん汗と脂の湿り気が多く、ムレムレの匂いが濃厚に沁み付いていた。

則夫は鼻を擦りつけて蒸れた匂いに酔いしれ、爪先にしゃぶり付いて指のまたに舌を挿し入れて味わった。

「あう……、くすぐったい……」

佐枝子がビクリと反応して呻き、彼はもう片方の足も、味と匂いが薄れるほど貪り尽くしてしまった。

そして大股開きにさせ、脚の内側を舐め上げ、ムッチリと張りのある内腿をたどって股間に迫った。はみ出した陰唇はヌラヌラと潤い、彼は熱気と湿り気の籠もる茂みの丘に鼻を埋め込んでいった。

隅々には、やはり今までで一番濃く蒸れた汗とオシッコの匂いが籠もり、悩ましく鼻腔を掻き回してきた。

彼はうっとりと胸を満たしながら舌を挿し入れ、淡い酸味のヌメリを掻き回すと、息づく膣口の襞からツンと突き立ったクリトリスまで、味わいながらゆっくり舐め上げていった。

「アアッ……、いい気持ち……」

佐枝子が内腿で彼の顔を挟み付けながら喘ぎ、下腹をヒクヒク震わせて新たな愛液を漏らしてきた。

則夫もチロチロとクリトリスを刺激しては溢れるヌメリをすすり、匂いを充分に味わってから、彼女の両脚を浮かせて白く丸い尻に迫った。

ぷっくりした艶めかしい蕾に鼻を埋めて蒸れた微香を貪り、舌を這わせてヌルッと潜り込ませると、

「あう……！」

佐枝子が呻き、浮かせた脚を震わせながらキュッキュッと肛門で舌先を締め付けてきた。彼も中で舌を出し入れさせるように蠢かせ、滑らかでほんのりと微妙に甘苦い粘膜を心ゆくまで探った。

「い、入れて……」

前も後ろも充分に舐められた佐枝子が言い、脚を下ろしてせがんだ。

則夫も身を起こして前進し、幹に指を添えて先端を濡れた割れ目に擦り付けた。

充分に潤いを与えてから膣口に挿入していくと、彼自身はヌルヌルッと滑らかに根元まで呑み込まれていった。

「アアッ……！」

彼女が身を弓なりに反らせて喘ぎ、味わうようにきつく締め付けてきた。

則夫も温もりと感触を味わいながら、脚を伸ばして身を重ねていくと、彼女も両手でしっかりと抱き留めてくれた。

胸の下では柔かな乳房が押し潰れて心地よく弾み、恥毛が擦れ合い、待ちきれずに彼女がズンズンと股間を突き上げはじめると、コリコリする恥骨が痛いほど押し付けられてきた。

彼も合わせて腰を突き動かしはじめ、何とも心地よい肉襞の摩擦と潤いに包まれて高まった。

上からピッタリと唇を重ねていくと、

「ンンッ……！」

佐枝子が熱く呻き、舌を挿し入れてチロチロとからめてくれた。

則夫も生温かな唾液に濡れて蠢く舌を味わい、熱い息で鼻腔を湿らせながら腰の動きを速めていった。

「アア、いきそう……！」

収縮が強まり、佐枝子が口を離して喘いだ。

開いた口に鼻を押し込んで息を嗅ぐと、女らしく甘い成分に夕食のオニオン臭が混じり、悩ましい匂いが鼻腔を刺激してきた。濃い匂いが胸に沁み込むと、股間に伝わって幹が歓喜にヒクついた。

「ああ、いく……！」

則夫も、美人妻の濃厚な吐息で鼻腔を満たした途端、大きな絶頂の快感に包まれて喘いだ。同時にドクンドクンと勢いよく熱いザーメンを注入すると、

「いい……、アアーッ……！」

噴出を感じた佐枝子も声を上げ、彼を乗せたままガクガクと狂おしく腰を跳ね上げてオルガスムスに達した。

彼は股間をぶつけるように激しく動き、締め付けと摩擦の中で快感を嚙み締め、心置きなく最後の一滴まで出し尽くしていった。

満足しながら動きを弱めていくと、

「ああ……、なんて気持ちいい……」

佐枝子も力を抜いて声を洩らし、彼の下でグッタリと身を投げ出していった。

膣内は名残惜しげにキュッキュッと締まり、刺激された幹がヒクヒクと過敏に跳ね上がった。

そして則夫は遠慮なく体重を預けてもたれかかり、美女の吐き出す濃い息を嗅ぎながら、うっとりと快感の余韻に浸り込んでいった。

しばし重なったまま呼吸を整え、ようやく彼はそろそろと股間を引き離して、ゴロリと添い寝していった。

「ね、東京でも会えるわよね……」

まだ息を弾ませながら、佐枝子が訊いてきた。

どうも媚薬効果に包まれていることを知らないから、都会へ戻っても誰もが則夫に欲情すると思っているのだろう。それならそれで実に嬉しいことだが、他に多くの男がいる東京で、その保証はない。

「ええ、ぜひお願いします」

しかし則夫はそう答えておいた。

すると佐枝子が気怠げに身を起こし、ティッシュの処理もしないままベッドから降りたので、二人で脱いだものを持って一緒に部屋を出た。

静かな暗い階下に降り、バスルームに入ると、やはり湯気とともに彼女たちの体臭が濃厚に立ち籠めていた。

しかし同性の佐枝子は匂いなど気にならないようにシャワーを浴び、則夫も回復しそうになりながら股間を洗い流した。

「ね、オシッコ出して」

則夫はバスマットに座り、彼女を目の前に立たせた。そして片方の足を浮かせてバスタブのふちに乗せ、開いた股間に顔を埋め込んだ。

匂いの大部分は薄れてしまったが、佐枝子も心得たように、彼の頭に手を乗せながら息を詰め、下腹に力を入れて尿意を高めてくれた。

割れ目内部を舐めていると、奥の柔肉が迫り出すように盛り上がり、すぐにも味と温もりが変わった。

「出るわ……」

佐枝子が言うなり、チョロチョロと熱い流れはほとばしり、彼の口に心地よく注がれてきた。

「アア……」

佐枝子が熱く喘ぎ、ガクガクと鬟を震わせながら徐々に勢いを付けて放尿した。

則夫も味と匂いを堪能しながら喉に流し込み、溢れた分を肌に浴びた。

もちろん彼自身はムクムクと回復し、最後の夜にもう一回だけ射精する準備を整えていった。

間もなく勢いが弱まり、流れはおさまってしまった。

ポタポタ滴る雫に新たな愛液が混じり、ツツーッと滴ってくるのを舐め取り、濡れた割れ目内部を掻き回した。

「ああ……、また入れたいわ……」

彼女が言って脚を下ろし、則夫をバスマットに仰向けにさせると、屈み込んでペニスにしゃぶり付いてきた。

「ああ……、気持ちいい……」

則夫は吸引と摩擦、舌の蠢きと唾液のヌメリに喘ぎ、彼女の口の中で完全に元の硬さと大きさを取り戻していった。

充分に濡れると彼女が身を起こし、前進して跨がると、気が急くように先端に割れ目を押し当ててきた。

そして一気に腰を沈めると、彼自身はヌルヌルッと滑らかに根元まで嵌まり込んでいった。

「アアッ……、いい、奥まで響くわ……」

佐枝子が顔を仰け反らせて喘ぎ、キュッときつく締め上げながら乳房を揺すって悶えた。密着させた股間を何度かグリグリと擦り付け、すぐにも彼女が身を重ねてくると、則夫も両手を回して抱き留め、両膝を立てて蠢く尻を支えた。

「気持ちいいわ、すぐいきそう……」

佐枝子が腰を遣いながら囁き、彼もズンズンと股間を突き上げて強烈な摩擦快感に高まった。

「顔中、唾でヌルヌルにして……」

絶頂を迫らせながらせがむと、佐枝子も唇に唾液を溜め、グジューッと鼻筋に垂らすと、そのままヌラヌラと舌で顔中に塗り付けてくれた。

「アア、気持ちいい、いきそう……」

則夫も突き上げを強めながら喘ぎ、美人妻の濃厚な唾液と吐息の匂いに噎せ返り、顔中ヌルヌルにされながら彼女が果てるまで我慢した。すると、佐枝子も相当に高まっていたようで、たちまちガクガクと痙攣を開始したのである。

「いく……、アアーッ……!」

彼女が声を上げ、激しいオルガスムスの嵐に全身を狂おしく揺すった。

同時に則夫も堪えきれず、そのまま昇り詰めてしまった。

「く……!」

突き上がる絶頂の快感に呻き、ありったけの熱いザーメンをドクンドクンと勢いよく注入すると、

「あう、すごい……」

佐枝子も噴出に快感が増したように呻き、キュッキュッときつく締め上げ続け

た。

則夫は心ゆくまで快感を嚙み締め、最後の一滴まで出し尽くすと、ゆっくり力を抜いていった。

「アア……」

彼女も満足げに声を洩らし、力尽きてグッタリともたれかかってきた。

則夫は重みと温もりを感じながら、まだ収縮する膣内で断末魔のようにヒクヒクと幹を過敏に震わせた。

「あう、もうダメ、感じすぎるわ……」

佐枝子も敏感になって呻き、幹の震えをきつく締め付けてきた。

則夫は熱く喘ぐ美人妻の濃厚な吐息を嗅いで鼻腔を刺激されながら、うっとりと快感の余韻を味わったのだった。

「ああ、すっかり満足したわ。続きは東京で……」

佐枝子が言ってノロノロと身を起こしたので、則夫も起きて二人でシャワーを浴びた。そして身体を拭くと身繕いをし、また足音を忍ばせて二階へ上がってゆき、それぞれの部屋に分かれたのだった。

第六章　柔肌と蜜の目眩く一日

1

「起こしてごめんなさいね……」

明け方、今日香が則夫の部屋に入ってきて言った。

彼も、鳥の声で目を覚ましたところである。夏休み中とはいえ、山はすっかり秋の気配が漂っていた。

「ええ、構いません」

彼が起きようとすると、すぐに今日香も添い寝してきた。

「ずっと考えていたんですか？」

「ええ、少しだけ眠って、さっき起きたところ。すぐにも話したくて……」

彼女が横から体をくっつけて囁く。そういえば昨夜も、彼女は考え事に専念するため入浴もしていなかったようだから、甘ったるい匂いが濃く漂った。

その刺激が鼻腔から、朝立ちしている彼の股間に響いてきた。

「それで？」

「ええ、話を受けることに決めたわ」

訊くと、今日香の答えに則夫は舞い上がった。

「ほ、本当ですか……！」

「平凡だった私の人生で、一番大きな決断よ」

横から、今日香がレンズ越しにじっと熱い眼差しを向けながら言った。

媚薬に影響されているとはいえ、本当に嫌ならその気にならないだろう。

「嬉しいです……」

彼は感激に声を震わせながら、甘えるように腕枕してもらった。

今日香も優しく胸に抱いてくれ、彼は汗の匂いとともに、寝起きで濃厚になった花粉臭の吐息を感じて興奮を高めた。

「じゃ脱ぎましょう。婚約成立のお祝いに」

則夫は充分に濃い匂いに酔いしれてから、いったん身を離して手早く全裸になっていった。

するとと今日香も起き上がって全て脱ぎ去り、あらためて二人で身を寄せ合った。

もちろん今日香は、一糸まとわぬ姿になってもメガネはそのままだ。

仰向けになった彼女にのしかかり、則夫はチュッと乳首に吸い付き、もう片方を探りながら顔中を膨らみに押し付けると、甘ったるい体臭が立ち昇った。

「アア……」

すぐにも今日香が熱く喘ぎ、クネクネと悶えはじめた。

則夫は左右の乳首を味わってから、腋の下にも鼻を埋め込み、濃厚に蒸れた汗の匂いを貪った。

「いい匂い」

「あう、ダメ……」

嗅ぎながら呟くと、今日香が羞恥にビクリと反応して声を震わせた。

則夫は胸いっぱいに嗅いでから白く滑らかな肌を舐め下り、腰から脚を舌でたどっていった。

足裏に回り込んで、踵から土踏まずを舐め、指にも鼻を割り込ませて嗅ぐと、やはり今までで一番濃く蒸れた匂いが沁み付いていた。

彼は鼻腔を刺激されながら爪先にしゃぶり付き、指の股にヌルッと舌を挿し入れ、汗と脂の湿り気を味わった。

「く……、汚いのに……」

今日香は息を詰めて呻きながらも、寝不足ですっかり朦朧となり、されるまま身を投げ出していた。則夫も両の爪先を念入りに味わい、味と匂いを堪能してから彼女をうつ伏せにさせた。

ヒカガミから尻の丸みを舐め上げ、腰から滑らかな背中を舌でたどっていくと淡い汗の味が感じられた。

「アアッ……！」

今日香が顔を伏せて喘いだ。

「背中、感じるの？」

乳首や性器のようなポイントがないのに、女性はみな背中が感じるらしい。

「すごく感じるわ……」

彼女が答え、身を起こすといきなり則夫をうつ伏せにさせてのしかかった。

すると今日香は彼の肩から背中を舐め、熱い息で肌をくすぐってきた。

「あう、本当に気持ちいい……」

受け身になり、彼は初めて背中が感じることを実感した。

「嚙んで……」

うつ伏せのまま言うと、今日香も彼の背中や脇腹にキュッキュッと綺麗な歯並びを食い込ませながら移動した。そして尻の丸みにも舌を這わせ、嚙んで甘美な刺激を与えてくれた。

やがて彼を仰向けにさせると、今日香が強ばりを含んできたので、

「跨いで……」

引き寄せて言うと彼女も女上位のシックスナインで顔に跨がってくれた。

スッポリと喉の奥まで含まれると、熱い鼻息が陰嚢をくすぐった。

則夫は下から腰を抱き寄せ、潜り込んで恥毛に鼻を擦りつけて嗅いだ。甘ったるく蒸れた汗の匂いに悩ましい残尿臭も入り交じって鼻腔が刺激された。

彼は大好きな今日香の匂いに噎せ返り、充分に胸を満たしてから濡れている割れ目に舌を這わせた。

息づく膣口を探り、淡い酸味のヌメリを掻き回してからツンと突き立ったクリトリスを舐め回すと、

「ンンッ……！」

含んだまま彼女が熱く呻き、反射的にチュッと強く吸い付いてきた。

則夫は執拗に舌を這わせては愛液をすすり、さらに尻の谷間に伸び上がった。双丘に顔を密着させ、可憐な蕾に鼻を埋め込んで蒸れた匂いを貪り、舌を這わせてヌルッと潜り込ませた。

「あう、ダメ……」

思わず口を離した今日香が呻き、キュッと肛門で舌先を締め付けた。

彼が舌を出し入れさせて滑らかな粘膜を刺激すると、何とか今日香も再び含み、競うように顔を上下させスポスポと強烈な摩擦を繰り返してくれた。

やがて則夫が高まりながら、再びクリトリスに吸い付くと、

「アアッ……！」

今日香が顔を上げて喘ぎ、とうとう股間を引き離して向き直ってきた。

「入れるわ……」

息を詰めて言い、彼の股間に跨がると今日香は先端に割れ目を押し付けた。

そのまま自ら指で陰唇を広げて膣口にあてがうと、ゆっくり腰を沈み込ませていった。張り詰めた亀頭が潜り込むと、あとは潤いと重みでヌルヌルッと滑らかに根元まで嵌まり込んだ。

「ああ……、いい……」

今日香が顔を仰け反らせて喘ぎ、ぺたりと座り込んできた。

則夫も締め付けと潤い、温もりに包まれながら快感を味わい、両手を伸ばして彼女を抱き寄せた。

今日香も身を重ねて胸に乳房を押し付けてくると、彼は両膝を立てて尻を支え、下からしがみつきながら唇を求めた。

密着する唇の感触と唾液の湿り気を味わい、舌を挿し入れて滑らかな歯並びを舐めると、

「ンンッ……」

今日香も熱く鼻を鳴らし、チロチロと舌をからみつけてくれた。下向きのため生温かな唾液がトロリと注がれ、彼はうっとりと味わって喉を潤した。

ズンズンと股間を突き上げると、何とも心地よい摩擦と収縮が彼を高まらせ、

「ああ……、い、いきそう……」

今日香が口を離して熱く喘いだ。

則夫は濃厚な花粉臭の吐息で鼻腔を刺激されながら、彼女の喘ぐ口に鼻を押し込んで匂いを貪った。すると彼女も、チロチロと鼻の穴を舐めてくれながら、突き上げに合わせて腰を遣いはじめた。

互いの動きが一致し、ピチャクチャと淫らな摩擦音が響いてきた。

溢れる愛液が陰嚢の脇を伝い流れ、生温かく彼の肛門まで濡らした。

「い、いく……！」

たちまち則夫は激しい絶頂の快感に全身を貫かれ、口走りながら熱いザーメンをドクンドクンと勢いよくほとばしらせてしまった。

「き、気持ちいい……、アアーッ……！」

噴出を感じた今日香も声を上げ、ガクガクと狂おしいオルガスムスの痙攣を開始した。その収縮と締め付けの中、則夫は心ゆくまで快感を嚙み締め、最後の一滴まで出し尽くしていった。

深い満足に包まれながら、徐々に突き上げを弱めていくと、

「ああ……」

今日香も肌の硬直を解いて喘ぎ、力を抜いてグッタリと彼にもたれかかってきた。

則夫は彼女の重みを心地よく受け止め、まだ収縮する膣内でヒクヒクと幹を震わせた。そして濃厚な吐息を間近に嗅いで胸を満たし、うっとりと快感の余韻を味わったのだった。

「ああ、また眠ってしまいそう……」

「ええ、朝まで寝ましょう」

今日香が、そろそろと股間を引き離し、添い寝しながら言うので彼も答えた。

ティッシュで互いの股間を拭うと、彼は腕枕してもらって肌をくっつけ、今日香の匂いと温もりの中で再び至福の眠りに就いたのだった。

2

「残念だわ。一緒に帰れると思ったのに」

「でも、すぐまた大学で会えるわね」

少々遅めの朝食を終え、帰り支度をしながら麻由と理沙が言った。

則夫と今日香がもう一日だけ残ることを、朝食のときにみんなに言ったのだ。

理由は、貴美江が今後の屋敷のことで今日香と則夫に相談したいからというもので、特に他の女性たちも変には思わなかったようだ。

今日も快晴で、やがて三人は佐枝子のバンに荷物を運び入れて乗り込んだ。

「じゃ気をつけて」

「ええ、また大学でね」

三人で見送ると、三人も笑顔で答え、やがて走り去っていった。

車が見えなくなると、則夫も屋敷に戻った。貴美江がコーヒーを淹《い》れてくれ、今日香と三人で食堂に集った。

「帰るときは、私が車で駅まで送りますので」

貴美江が言い、いよいよ具体的な話になるかと則夫は少し緊張した。

しかし今日香のほうは、すっかり意思を固めているようで落ち着いていた。

「じゃ二人とも、異存はないのね」

貴美江が改まった口調で言う。

通帳も見せてくれ、そこには元からある莫大な財産と、東京のマンションを売り払った金、六郎の生命保険なども全て含まれていた。

「ええ、僕は異存ありません」

「私も大丈夫です」

二人が答えると、貴美江は手際よく夫婦養子の縁組の書類を出したので、二人もためらいなく記入した。

あとは実印と印鑑証明、則夫と今日香の婚姻届などである。

だが、それは二人が明日にも東京へ戻り、揃えて捺印《なついん》し、則夫が全ての書類を持ってここへ来る手筈になっていた。

アパートは荷物も少ないし、すぐ引き払えるだろう。

そして則夫も今日香も、前期が終わったばかりできりがよく、助手を辞めることにも特に問題なさそうだった。

あとは、それぞれの実家に報告と、みなが驚くだろうということだけである。

もちろん双方の実家にも出向かなければならないが、一度は行かなければならないので、順々にクリアするしかない。

則夫は、書類を持って戻れば、そのままここで暮らせるし、今日香も残務整理や引っ越しなど、それほど長くはかからないだろう。

二階の二部屋を二人が使っても、まだ客室は三部屋残るので、ペンションも細々と開設できる。

貴美江も、補強工事に改装、庭には花々を植えたり、六郎の遺志だったメイドカフェのバイト募集など、様々なビジョンを持っているようだ。

今日香は尻込みするかもしれないが、まだ二十五歳なのでメイド衣装も似合うに違いない。

可憐な美少女とも、ツンデレ美女とも違う、メガネで知的なメイド姿になることだろう。則夫は、一度今日香のメイド姿も見てみたかった。

「もちろん二人とも、外で働くのも住むのも自由だし、何ら縛るつもりはないのでどうか気楽に」

「ええ、でも僕は都会を離れて、空いた時間にゆっくり持ち込み用の執筆をしたいと思います」

則夫は貴美江に答え、今日香も都会暮らしに未練はないようだった。

今日香も実家を出て、何となく親とも疎遠になりつつ東京暮らしをして、何人かの男と付き合い、国文の助手として日々を過ごしていたが、自分で言う通り何ら波風のない二十五年を送ってきたのだろう。

あとは次に好きになった男と結婚し、平凡な家庭を持つという気持ちだったようだが、それでもどこか不満で、いつか思いきった人生の転換や冒険を望む気持ちもあったに違いない。

とにかく則夫は、今日香が後悔さえしなければ良いのである。

ただ同じ屋敷内のことで、いつまで今日香に、隠し階段や覗き用モニターのある部屋が内緒にできるか分からなかった。まあ、それもいずれ貴美江が考えてくれていることだろう。

「じゃ、三人で家族になりましょうね」

貴美江が言い、則夫と今日香も頷いた。

「じゃ、いつ東京へ戻る。明日の朝？」

「ええ、そのつもりだったけど、何だか手続きが多いと気が急くので、今日の夕食を早めに終えたら発ってもいいかなと思います」

貴美江に訊かれ、則夫が答えた。

三人での話し合いは短い時間で済んでしまったので、あとは明朝からでもてきぱきと手続きにかかりたい気持ちになっていた。

「そう、今日香さんは？」

「私もそれでいいです」

「分かったわ、じゃ時間を調べて駅まで送ります」

貴美江も答え、スマホで帰りの時間を調べた。

則夫は深夜バスでも良いかと思っていたが、最寄りのＪＲ駅から東京行きの特急があるらしい。

「じゃ四時頃に出るといいわ。それまで少しお手伝いしてね」

貴美江が言い、やがてコーヒーを飲み終えると、三人で手分けして佐枝子や理沙、麻由の部屋や風呂の掃除をし、順々に洗濯をした。

もちろん則夫と今日香の荷物も階下へ運び、部屋を掃除した。

もうこれで、今回は二階には上がらないかもしれない。

則夫は、今日香のいないところで、いったん奥の部屋の鍵をそっと貴美江に返しておいた。

すると彼女も、盗撮ＣＤを則夫に渡してくれたのである。これで、東京にいる間は充実したオナニーライフが送れることだろう。何しろ自分が行動したことだから、全て自分好みの映像である。

結局この屋敷ではしなかったオナニーだが、東京のアパートではこの映像で抜きまくることになりそうだ。

もちろん、その合間に佐枝子や麻由、理沙と会えればそれで良い。

やがて全てのシーツや枕カバーなども干し終えて一段落すると、また三人でリビングに集まった。

「ね、一度で良いので、今日香さんもメイド服を着て見せて」

「え……」

いきなり貴美江が言うと、今日香は驚いたようにビクリと身じろいだ。

「六郎先生が、最も好みだったのが清楚なメガネ美人だったのよ」

「でも、私なんか……」

「きっと似合うわ。いずれメイドカフェを始めても、着ることは強制しないので、今日だけ見せて欲しいの」

「ええ、今日だけなら……」

今日香が頷くと、貴美江は彼女を自分の部屋へ誘った。理沙と麻由が着たものは洗濯したが、まだまだ衣装は揃っているらしい。

今日香が奥の部屋で着替えている間、則夫はリビングで待った。

すると貴美江が呼びに来たので、彼も立って奥の部屋に入った。

見ると、今日香は恥ずかしげに頬を染めて立っていた。

「わあ、綺麗だ……」

則夫は目を見張った。

黒を基調にしたドレスで、黒髪に映えるヘッドドレスと、胸元と半袖のパフスリーブは純白、やはり白のハイソックスという清楚な衣装に、知的なメガネが良くマッチしていた。

しかも白いブラウスの下半分、胸をドレスの黒が囲い、膨らみが強調されるようになっている。

「ね、すごくいいわよね。あの二人も綺麗だったけど、今日香さんが一番似合っているわ」

貴美江も言い、則夫も思わずスマホを出して撮ってしまった。

ふと見ると、部屋の隅に今日香の脱いだ服が置かれている。そこにはブラとショーツもあるので、今の彼女はノーブラ、ノーパンだ。

すると貴美江が彼女の胸元のボタンを外し、

「こうすると、ちょうどオッパイがはみ出すでしょう」

「あう……」

プルンと二つの膨らみが露出すると、今日香が呻いた。

則夫は、意外な展開に目を見張り、今日香が嫌がっていないか気遣ったが、どうやら恥じらうばかりで拒んではいないようだ。彼も、室内に籠もる二人分の匂いにムクムクと勃起してきてしまった。

貴美江ぐらいの性の手練《てだ》れになると、もう相手が男でも女でも関係ないのかもしれない。

「いいわ、二人で味わいましょう」

貴美江が言って今日香をベッドに寝かせると、チュッと乳首に吸い付いていった。

則夫もフラフラと誘われ、もう片方の乳首を含んで舐め回しはじめた。

同じメイド衣装でも、理沙と麻由は、二十一歳と十八歳で則夫よりも若かったが、まさか四十歳の美熟女と二十五歳のメガネ美女による3Pは、想像もしていなかったことだ。

しかも二人は彼にとって、初体験の手ほどきをしてくれた女性と、長年憧れ続けてきた美女なのである。

二人で今日香の甘い体臭を嗅ぎながら、左右の乳首を吸っていると、もう訳も分からず彼は夢中になってしまっていた。

3

「アア……、ダメ、変になりそう……」

今日香がクネクネと身悶えて言い、則夫もどこかで彼女が拒みはしないかハラハラと観察していたが、たちまち二人がかりの愛撫に息を弾ませ続けていたのだ。

貴美江も、どうやら本格的に三人で戯れるつもりのようで、今日香の乳首を舐めながら服を脱ぎはじめていった。

則夫は移動し、今日香のソックスを脱がせて素足にしゃぶりついた。

明け方にも味わったが、彼女は起きてシャワーを浴びてしまったものの、また半日掃除で動き回ったから、蒸れた匂いはしっかり感じられた。

すると貴美江も足のほうにきて同じようにソックスを脱がせ、爪先にしゃぶり付いたのである。

「あう……、ど、どうか、汚いですから……」

今日香がクネクネと腰をよじらせて呻いた。やはり則夫だけでなく、義母となる貴美江に愛撫されるのは大きな衝撃なのだろう。

それでも拒むことなく、今日香は激しく悶えながら身を投げ出し、されるままになっていた。

二人で足指の股を全て味わうと、貴美江は今日香を大股開きにさせ、ドレスの裾をめくり上げた。

そして脚の内側を舐め上げていったので、則夫も同じようにして腹這い、白くムッチリした今日香の内腿に舌を這わせていった。

貴美江と頰を寄せ合い、股間まで達すると、

「なんて綺麗。先に舐めさせて」

彼女が白粉臭の息を弾ませて則夫に囁くと、今日香の割れ目にギュッと顔を埋め込んでいった。

「アア……、ダメ……」

今日香はビクリと反応して喘いだが、

「いい匂い……、すごく濡れてるわ……」

貴美江は言いながら舌を這い回らせた。やはり女同士だから、最も感じる部分や蠢かせ方を熟知しているのか、今日香の身悶えが格段と激しくなっていった。

その様子に則夫はゾクゾクと興奮を高め、やがて貴美江が顔を離すと、すぐに彼も鼻と口を埋め込んでいった。

恥毛には蒸れた匂いが馥郁と籠もり、下のほうは貴美江の唾液に湿り、その匂いも悩ましく混じって鼻腔が刺激された。

彼は執拗にクリトリスを舐めては、驚くほど大量に溢れてくるヌメリをすすった。

そして両脚を浮かせると、今日香の尻の谷間に鼻を埋め込み、蕾に籠もる微香を貪って舌を這わせた。

「あう……」

ヌルッと潜り込ませると、今日香が呻いて肛門を締め付けてきた。

彼は狭い内部で舌を動かし、滑らかな粘膜を味わった。

すると貴美江も横から顔を寄せ、彼の耳を舐めてから、舌を割り込ませてチロチロとからめてきた。

則夫は今日香の肛門と貴美江の舌を同時に味わい、我慢できないほど高まってしまった。

やがて今日香の前も後ろも充分に味わって顔を上げると、

「今度は則夫さんが寝て」

貴美江に言われ、彼は全裸でベッドに仰向けになっていった。

すると貴美江が今日香を起こし、彼の胸から股間まで、一緒になって舐めてくれたのである。

「アア、気持ちいい……」

則夫は二人がかりの愛撫に喘ぎ、勃起したペニスをヒクヒクと震わせた。

しかも貴美江は、彼とメイドたちの3Pも覗き見ているから、彼が嚙まれるのを好むことも承知しているのだ。

だから今日香を促し、彼の両の乳首や脇腹にキュッと歯を食い込ませてくれた。

「あう……、もっと強く……」

則夫は甘美な刺激にクネクネと悶えながら呻き、美熟女と美女に食べられているような快感に高まった。

やがて大股開きにされると、二人が頰を寄せ合って彼の股間に顔を寄せてきた。

先に貴美江が先端をしゃぶり、今日香も申し合わせたように陰囊を舐め回し、さらに二人で一緒に張り詰めた亀頭に舌を這わせてくれた。

「ああ……」

則夫は快感に喘ぎ、恐る恐る股間を見た。ダブルフェラをしているのは、巨乳の美熟女とメガネのメイド美女だ。

股間に熱い息が混じり合い、ペニスが温かく濡れた口腔に代わる代わる含まれて舌に翻弄《ほんろう》された。彼自身は清らかなミックス唾液にまみれて震え、強くチュッと吸われるたび思わず腰が浮いた。

「い、いきそう……」

すっかり高まった則夫が言うと、二人も同時に顔を上げた。

「いいわ、今日香さんが跨いで」

貴美江に言われ、今日香も素直に身を起こして前進し、ドレスの裾をめくって彼の股間に跨がった。

すると貴美江が覗き込みながら幹に指を添え、先端を割れ目に誘導してくれた。

今日香は息を詰め、ゆっくり腰を沈み込ませていくと、ペニスはヌルヌルッと滑らかに根元まで呑み込まれていった。

「アアッ……！」

今日香が顔を仰け反らせて喘ぎ、密着した股間をグリグリと擦り付けてきた。

則夫も熱く濡れた肉壷に根元まで嵌まり込み、股間に温もりと重みを受けながら陶然となった。

やがて彼が両手を回して抱き寄せると、今日香もゆっくりと身を重ね、貴美江も横から添い寝して熟れ肌を密着させてきた。

そして貴美江が横から巨乳を押し付けてきたので、彼も乳首を含んで舐め回し、顔中で膨らみを味わいながら、今日香とは微妙に異なる生ぬるく甘ったるい体臭に噎せ返った。

快感に任せてズンズンと股間を突き上げはじめると、

「あう……、いい気持ち……」

今日香が喘ぎ、キュッキュッと締め付けながら大量の愛液を漏らした。

やはり夜明け前と違い、貴美江がいるから反応も違うようだ。

貴美江も、左右の乳首を充分彼に舐めさせると、今日香の顔を押しやりながら自分も唇を割り込ませ、三人で舌をからめはじめた。

「ンン……」

女同士の舌が触れ合っても、今日香は眉をひそめることもなく、熱く呻きながら舌を蠢かせた。

二人分の息に彼の顔中が生ぬるく湿り、それぞれの舌が滑らかにからみついた。

混じり合った唾液が生温かく口に流れ込み、則夫はミックス唾液を味わい、うっとりと喉を潤して酔いしれた。

次第に今日香もリズミカルに腰を遣い、股間を覆うドレスの中でクチュクチュと湿った摩擦音が響いた。

「アア、いきそう……」

今日香が口を離して言い、則夫も収縮の強まる膣内で激しく高まっていった。

「顔中舐めて……」

則夫が快感に任せて言うと、二人も顔を寄せ、生温かな唾液に濡れた下で両の鼻の穴や頬、瞼から耳の穴まで舐め回してくれ、たちまち顔中は二人分の唾液でヌルヌルにまみれた。

今日香の花粉臭の吐息と、貴美江の白粉臭の息が濃厚に鼻腔で混じり合い、悩ましい刺激が胸に沁み込んできた。

「い、いく……、ああーッ……！」

たちまち今日香がオルガスムスに達して喘ぎ、ガクガクと狂おしい痙攣を繰り返しはじめた。同時に則夫も、大きな絶頂の快感に全身を貫かれ、熱いザーメンをドクンドクンと勢いよく放った。

「あう、いい気持ち……」

噴出を感じた今日香が呻き、飲み込むようにキュッキュッときつく締め上げた。

彼も激しい快感を味わい、最後の一滴まで心置きなく今日香の内部に出し尽くしていった。

満足しながらグッタリと身を投げ出すと、

「アア、もうダメ……」

今日香も息を弾ませて喘ぎ、力を抜いて彼にもたれかかってきた。

則夫は今日香の重み、横から密着する貴美江の温もりに包まれながら、まだ名残惜しげに収縮する膣内でヒクヒクと過敏に幹を跳ね上げた。

そして混じり合った美女たちの濃厚な吐息を嗅ぎ、うっとりと余韻を嚙み締めた。

「すごいわ、二人の相性はピッタリなのね」

貴美江が感心したように言い、やがて二人は荒い呼吸を整えると、今日香はそろそろと彼の上から離れたのだった。

4

「二人でオシッコかけて……」

バスルームで、則夫はバスマットに座りながら言った。

もう三人ともシャワーを浴び、今日香もメイド服を脱ぎメガネを外していたので、何やら見知らぬ美女のように新鮮な気持ちになった。

そして貴美江と今日香は、座っている彼の両肩に跨がり、顔に股間を突き出してくれた。

学生の麻由や理沙と違い、完全に大人の美女たちに浴びせてもらう期待に、彼自身は急激にムクムクと回復していった。

則夫は左右の割れ目に代わる代わる顔を押し付けて嗅ぎ、舌を這わせた。

二人とも悩ましい匂いは薄れたが、舐めるたび愛液が湧き出してきた。

「出るわ……」

やはり先に貴美江が言い、割れ目内部の柔肉を蠢かせ、すぐにもチョロチョロと熱い流れをほとばしらせた。

それを舌に受けて味わい、喉を潤すと、反対側の肩にも今日香の放った流れが降りかかってきた。

そちらにも顔を向けて味わい、うっとりと飲み込んだ。

どちらも味と匂いは淡いが、混じり合った匂いが悩ましく鼻腔を満たしてきた。

そして彼は交互に味わいながら、全身に二人分の温かなシャワーを浴び、ピンピンに元の硬さと大きさを取り戻したのだった。

やがて二人の流れがおさまると、彼は滴る雫をすすり、それぞれの割れ目内部を舐め回した。

すると二人が股間を引き離し、貴美江が彼をバスマットに仰向けにさせた。

二人は屈み込み、また顔を寄せ合って同時に肉棒をしゃぶってくれたのだ。

「ああ……」

則夫は、また二人がかりという贅沢な快感に喘ぎ、混じり合った唾液に濡れた幹をヒクヒクと震わせた。

「今度は私が入れてもいい？」

「ええ、どうぞ」

貴美江が顔を上げて今日香に訊くと、彼女も嫌そうでなく当然のように頷いた。

彼でなく、今日香の許しを得るというのが、何やら自分が快楽だけの道具にされたようで、則夫は妖しい興奮を覚えた。

貴美江は彼の股間に跨がり、先端に割れ目を押し当てた途端、チュッと一気に根元まで吸い込まれた。

「アア……！」

貴美江が熱く喘ぎ、味わうようにキュッときつく締め上げながら、巨乳を揺すって身を重ねてきた。

則夫も、名器に深々と納まり、温もりと感触を味わいながら覆いかぶさる美熟女を抱き留めた。今日香も添い寝し、横からピッタリと密着してきた。

彼は下から熟れ肌にしがみつき、両膝を立てて豊満な尻を支えながらズンズンと股間を突き上げた。

もう時間からして、これが今回の屋敷内における最後の射精となるだろう。

「いい気持ちよ、もっと突いて……」

貴美江も腰を遣いながら熱く囁き、則夫は彼女と今日香の顔も抱き寄せ、また三人でヌラヌラと舌をからめた。

混じり合った唾液と吐息を味わうのも、これがしばしのやり納めである。

溢れる愛液が互いの動きを滑らかにさせ、淫らな摩擦音も聞こえてきた。

彼が二人の口に顔を擦りつけると、二人とも心得ているようにたっぷりと唾液を垂らし、まるで顔中パックでもするようにヌラヌラと塗り付け、満遍なく舌を這い回らせてくれた。

二人分の濃厚な吐息を嗅ぎ、鼻腔を刺激されながら動き続けると、たちまち則夫は絶頂に達してしまった。

「い、いく……、気持ちいい……」

快感に口走りながら、ありったけのザーメンを勢いよく噴出させると、

「い、いいわ……、アアーッ……！」

貴美江も奥を直撃され、声を上ずらせてガクガクと狂おしく昇り詰めた。

則夫は快感を嚙み締め、最後の一滴まで出し尽くすと、満足しながら突き上げを弱めていった。

「ああ……、良かったわ……」

貴美江も熟れ肌の強ばりを解いて言い、グッタリと遠慮なくもたれかかってきた。

名器の内部は、まるで魂まで吸い取ろうとするかのようにキュッキュッといつまでも収縮し、彼自身が過敏にヒクヒクと震えた。

則夫は、二人分の唾液と吐息の悩ましい匂いに鼻腔を刺激されながら、うっとりと快感の余韻に浸り込んでいったのだった。

義母と夫婦という3Pは異常ではあるが、何やら新しい家族の絆を証明したようにも思えた。

そして何より、今日香が嫌悪感や抵抗に拒むことなく、しっかり満足したことに彼は安心したのだった。

やがて呼吸を整えると貴美江が股間を離し、彼も身を起こした。

三人でシャワーを浴びて身体を拭き、階下にある貴美江の部屋に戻って身繕いをしたのだった。

もちろんもうメイド服ではなく、Ｔシャツと短パンでもなく、則夫と今日香は来たときの服に戻った。

部屋を出ると少しリビングで休憩してから、女性二人が早めの夕食の仕度をしてくれた。まだ陽は高いが、朝食が遅かったので、ちょうど良い時間である。

食事は、残り物でも昨夜の余りで豪華である。ただビールはやめておき、料理だけ三人で囲んだ。

彼女たちも食事しながら、気まずいとかいう雰囲気はなく、ごく普通に談笑しているので、案外に則夫などより今日香は強《したた》かな部分があるのかもしれない。

そして食事を終えると、時間を見ながら片付けをし、いよいよ二人も出発する支度をした。

「じゃ則夫さん、手続きのほうよろしくね」

貴美江が言う。

「ええ、明日にも順々に終えて、一度実家へ戻って報告してから、一週間以内にここへ戻ってきます」

「家で反対されるようなことは……？」

「それは絶対に大丈夫ですから、安心して待ってて下さいね」

則夫は答え、やがて書類を入れたリュックを背負い、玄関を出た。今日香も荷物を持って出ると、貴美江は屋敷を施錠して車に乗り込んだ。

女同士、今日香を助手席に座らせ、則夫は後部シートだ。

貴美江は車をスタートさせ、まずはローカル線の終着駅へ向かったのだった。

5

「嫌じゃなかった？　三人でしたりして」

特急列車に乗ると、則夫は窓際に座った今日香に訊いた。

あれからローカル線の駅で貴美江と別れ、しばし電車に揺られてからJRの駅に着き、時間通りに二人は特急列車に乗ったのである。

すっかり日が暮れたが、順調に都内に帰れることだろう。しかも貴美江が奮発してグリーン車の料金まで出してくれたのだ。

「ええ、嫌じゃなかったわ。実は私も昔、女同士でしたこともあったから」

「え、そうなの……？」

今日香が答え、則夫は驚いて言った。

「何だか、まだまだ今日香さんの知らないことがあるみたいだな……」

「大してないわ。男とも女とも少し付き合ったことがあるだけ。強いて言えば一つだけあったけど……」

今日香が言い淀《よど》み、則夫は気になった。

「何があったんです？」

「以前付き合った彼がギャンブル好きで、私も三百万ほど立て替えてあげたことがあったの。銀行から借りて」

「へえ、ひどい奴ですね。それで、まだ付きまとうとか？」

「ううん、それはないし、もう彼とは何の縁もないの。ただ私の借金を、今回貴美江さんが返してくれることになって」

「ま、まさか、それがあるから３Ｐに応じたとか？」

則夫は思わず言ったが、幸い車両は空いていて周囲に他の乗客はいない。

「そんなことはないわ。それだけのお金のために、嫌なことに応じるわけないじゃない。それに私から言ったのではなく、お買い物のとき貴美江さんが、養子に入る前に気がかりがあれば何でも解消の手助けをすると言ってくれたから、それで言葉に甘えさせてもらうことにしたのよ」

「そう……」

則夫も納得して頷いた。さすがに貴美江は、細かな部分まで気配りしてくれているようだ。

則夫は、あの古い屋敷で彼の再訪を待つ、妖しく豊満な美熟女を思った。

「それで、退職願はどうします？　それぞれですするか、それとも」

「一緒にしましょう。どうせ結婚するのは近々みんなに知られるのだから」

訊くと、今日香が答えた。彼女の言う結婚という言葉に、則夫は急に夢が現実になった思いがした。

「そうですね。じゃ一緒に」

「それから、一緒にあなたの実家にも行きたいわ。私のほうにも来てもらいたいし」

「分かりました。僕もそのつもりでしたから、明日にでもスケジュールを立てて、打ち合わせましょう」

彼は言い、暗い車窓にたまに横切る光を見ながら、急にムクムクと勃起してきてしまった。

「今夜、今日香さんのハイツに寄ってもいいですか。そこで判を捺《お》してもらえば、僕は明日の朝から動けますので」

媚薬効果が薄れるのを恐れて気が急くわけではないが、もともと決まり事にはせっかちなほうである。

「いいわ、寄って」

今日香が答えると、彼の股間が疼いてしまった。

もちろん彼女の住まいに入るのは初めてのことだ。

それに屋敷で3Pをしたが、やはり男女の秘め事は一対一の密室に限る。

そう思って期待したが、待ちきれないほど彼自身はピンピンになり、痛いほど激しく突っ張ってきてしまった。

やがて車掌の検札が終わり、アテンダントが飲み物を運んで通り過ぎた。

そして次の駅に停まっても、このグリーン車両には誰一人として乗ってこなかったのである。

再び走り出し、次の駅に着くまではしばらく時間がある。

「ね、少しだけ……」

則夫は囁いて顔を寄せると、今日香もピッタリと唇を重ねてくれた。

互いに顔を斜めにさせ、熱い息に鼻腔を湿らせながら、彼は舌を挿し入れて滑らかな歯並びを舐めた。彼女も歯を開いてチロチロと舌をからめ、則夫は生温かな唾液のヌメリに酔いしれた。

「ンン……」

今日香も熱く鼻を鳴らし、彼の頬に手を当てながら執拗に舌を蠢かせてくれた。

則夫は我慢できず、ディープキスしながらファスナーを下ろしてしまった。強ばりを引っ張り出し、今日香の手を握って導くと、彼女もやんわりと手のひらに包み込み、ニギニギと愛撫してくれた。

ほんのり汗ばんで柔らかな手のひらや、しなやかに蠢く指が実に心地よく、彼はヒクヒクと歓喜に幹を震わせた。

屋敷以外で愛撫されるのは生まれて初めてだし、まして車内だから実に新鮮な悦びが湧いた。

舌をからめながら、今日香も微妙なタッチで幹を撫で、張り詰めた亀頭に触れ、粘液の滲む尿道口も指の腹でヌラヌラと擦ってくれた。

ペニスの隅々にも、意外に感じる部分があり、しかも人の手だから時に予想もつかない蠢きをして、彼は次第に高まっていった。

と、背後のドアが開き、さっきのアテンダントが台車を押して戻ってきた。

則夫はグリーン車の席にある通販雑誌を開き、股間を隠した。

今日香は唇を離し、窓の外に顔を向け、なおも雑誌の陰でニギニギと愛撫を続行してくれた。

やがてアテンダントが辞儀をして脇を通り過ぎ、前の車両に移ってゆきドアが閉まった。

再び、今日香が向き直って顔を寄せてきた。

「唾を出して……」

囁くと、彼女もたっぷりと分泌させて唇を重ねると、幹をしごきながらトロトロと口移しに注ぎ込んでくれた。生温かく小泡の多いシロップを味わい、彼はうっとりと喉を潤した。

「ね、今日香さんのアソコも舐めたい」

「無理よ……」

「ほんの少しで止すから」

せがむと、彼女もペニスから指を離し、腰を浮かせてワンピースの裾をめくり、下着を脱ぎ去ってしまった。

そして靴を脱ぐと、誰もいないか周囲を確かめてからシートに乗り、片方の足を前のシートの上に乗せ、股を開いてくれたのである。

則夫も顔を埋め込み、柔らかな茂みに籠もった蒸れた汗の匂いを貪り、真下の割れ目に舌を這い回らせた。

やはりキスしたりペニスに触れているうち彼女も興奮が高まり、そこは熱い愛液にネットリと潤っていた。

ヌメリを味わい、チロチロとクリトリスを探ると、

「あう、もうダメよ、防犯カメラで見られているかもしれないので……」

今日香がビクリと股間を引き離して言った。

「ええ、これぐらい大丈夫でしょう。じゃお尻を」

貴美江により、見られることに慣れた則夫は言い、彼女に向こうを向かせ、尻を突き出させた。

指でムッチリと谷間を広げ、薄桃色の蕾に鼻を埋め込むと、弾力ある双丘が心地よく顔中に密着してきた。

蒸れた匂いを嗅ぎ、舌を這わせて襞を濡らし、ヌルッと潜り込ませて滑らかな

粘膜を味わうと、

「く……！」

今日香が呻き、キュッときつく肛門で舌先を締め付けてきた。

「も、もういいでしょう……」

彼は舌を蠢かせたが、すぐに今日香が言って尻を引き離し、シートから降りて下着を穿いてしまった。

彼自身は、今にも暴発しそうなほど粘液を滲ませて脈打っていた。

「お口に出す？」

「ええ、でもその前に限界まで指でして」

今日香が言うのに答え、則夫は再び幹をしごいてもらい、彼女の口に鼻を潜り込ませた。胸いっぱいに嗅ぐと、熱気と湿り気が鼻腔を満たし、濃厚な花粉臭にほんのり混じる夕食後のオニオン臭が刺激的だった。

「いい匂い……」

「嘘、お夕食のあとそのままよ」

「うん、いきそうになるまで嗅いでいたい」

言うと彼女も、羞《は》じらいに頬を染めながら、なおもニギニギと愛撫し、彼の鼻をしゃぶってくれた。生温かな唾液のヌメリと、悩ましい吐息の匂いに満たされ、たちまち彼は絶頂を迫らせた。

「い、いきそう……」

言うとすぐに彼女は屈み込み、張り詰めた亀頭をくわえると、クチュクチュと尿道口に舌を這わせ、チュッと強く吸ってくれた。

さらに深々と呑み込むと小刻みに顔を上下させ、濡れた口でスポスポと強烈な摩擦を繰り返しはじめた。

「き、気持ちいい……、いく……！」

たちまち則夫は大きな絶頂の快感に全身を貫かれて呻き、ありったけの熱いザーメンをドクンドクンと勢いよくほとばしらせてしまった。

「ク……、ンン……」

喉の奥を直撃された今日香が小さく呻き、なおも股間に熱い息を籠もらせながら、摩擦と吸引、滑らかな舌の蠢きを続行してくれた。

彼もズンズンと股間を突き上げながら快感を噛み締め、心置きなく最後の一滴まで出し尽くしてしまった。

「ああ……」

すっかり満足しながら声を洩らし、シートにもたれかかってグッタリと力を抜くと今日香も動きを止め、亀頭を含んだまま口に溜まったザーメンをコクンと一息に飲み込んでくれた。

「あう……」

口腔がキュッと締まり、彼は駄目押しの快感に呻いた。

彼女もようやくチュパッと口を離すと、なおも余りを絞るように幹を指でしごき、尿道口に脹らむ白濁の雫まで、丁寧にチロチロと舐め取ってくれたのだった。

「く……、もういい、どうも有難う……」

則夫は息を詰めて呻き、の刺激に射精直後の幹を過敏にヒクヒクと震わせて降参した。

やっと今日香も身を起こし、チロリと舌なめずりしてシートに持たれると、彼も手早くペニスをしまってファスナーを上げた。

「ああ……、すごく気持ち良かった……」

彼は言い、車内というスリルに、いつまでも激しい動悸がおさまらなかった。

屋敷の外で、しかもオナニーではなく生身の女性を相手に射精する経験は病みつきになりそうだった。

「東京まで、少し眠りたいわ……」

「うん、ゆっくり休んで」

今日香が言い、則夫は答えた。すると彼女はそっと則夫と腕を組んで手をつなぎ合い、彼の肩に頭をもたれかけてきたのだ。

則夫も温もりと幸福感に包まれ、列車の振動に揺られながら目を閉じた。

彼女のハイツに寄れば、捺印だけで済むわけもない。今日香の部屋でできると思うと、すぐにも回復しそうだった。

彼女のハイツと則夫のアパートは同じ区内だから、遅くなればタクシーで帰ってもいいだろう。

しかしアパートに戻ったら、貴美江にもらった盗撮CDでも見てしまい、眠れなくなるかもしれない。そう日に何度も抜かなくていいのだが、オナニーも実に久々のことなのである。

それでも明日から、しばらく何日かは、一人で処理する日々に戻るだろう。

明日は区役所へ行って手続きをして、大家を訪ねて月末に出ることを告げ、六畳一間のアパートにある不要物の整理もしなければならない。

そして何より、実家への報告もある。あとは今日香と、後日大学へ行って退職願を出すのだ。

何かと忙しくなるが、その合間に、もしタイミングが合えば、佐枝子や麻由、理沙とも会って快感を分かち合いたかった。

媚薬効果は薄れても、屋敷での目眩く体験の余韻があるだろうから、そう手のひらを返したように邪険にされることもないだろう。

則夫に頭を預けながら、隣にいる今日香はいつしか規則正しい寝息を立てはじめていた。

（これから景山則夫に、景山今日香になるのか……）

則夫は思い、今日香の気持ちなど先々への不安もないではないが、それ以上に大いなる期待を持って新たな生活への思いを馳せた。

そして彼も今日香にもたれかかり、温もりを感じながらいつしか眠りに落ちていったのだった……。


〈了〉

※この物語はフィクションです。同一名称の固有名詞等があった場合でも、実在する人物や団体とは一切関係ありません。

イースト・プレス
悦文庫

メイドカフェの淫劇

睦《む》月《つき》影郎《かげろう》

2022年9月22日 第1刷発行

企画 松村由貴（大航海）
発行人 永田和泉
発行所 株式会社 イースト・プレス
〒101-0051
東京都千代田区神田神保町2-4-7 久月神田ビル
電話 03-5213-4700
FAX 03-5213-4701
https://www.eastpress.co.jp

印刷製本 中央精版印刷株式会社
ブックデザイン 後田泰輔（desmo）

ISBN978-4-7816-2114-2 C0193